HELLER ALS EIN STERN

Bibliografische Information der Deutschen Nationalbibliothek
Die Deutsche Nationalbibliothek verzeichnet diese Publikation in der Deutschen Nationalbibliografie; detaillierte bibliografische Daten sind im Internet über http://dnb.d-nb.de abrufbar.

FSC
www.fsc.org
MIX
Papier aus verantwortungsvollen Quellen
FSC® C014496

5 4 3 2 1 17 16 15 14 13

Titel der Originalausgabe: Anthem for Jackson Dawes
Die Originalausgabe erschien 2013 bei Bloomsbury Publishing Plc, London

Text: Celia Bryce
Übersetzung: Bettina Obrecht
Umschlaggestaltung: Grafisches Atelier arsEdition
unter Verwendung von Bildmaterial von © www.blacksheep-uk.com
ISBN 978-3-7607-9940-7

www.bloomoon-verlag.de

Celia Bryce

HELLER ALS EIN STERN

Aus dem Englischen von Bettina Obrecht

bloomoon

Jackson Dawes
hoch wie ein Tor
steht da
in seinem
ramponierten Hut
Singt sein
ramponiertes Lied
Er schlägt die Stange
wie einen Bass
Badum, dum, dum, dum
Badum, dum, dum, dum
Leicht schwingt er die Hüften
Nickt mit dem Kopf
Sein Lächeln ist so breit
wie die Sonne
Als wäre dies
einfach nur so ein Tag,
als könnte die Welt
nicht schöner sein
Als leuchte die Zukunft
heller als die Sterne
Megan Bright, Megan Silber,
singt er, wie nur er es kann,
Megan Bright, Megan Silber.

EINS

»Also, du kennst ja meine Einstellung zu Krankenhäusern. Du kannst mich zu jeder Tages- und Nachtzeit anrufen.«

Großvaters Stimme klang, als käme sie von sehr weit weg, er wirkte viel älter – ja, es klang so, als befinde er sich auf einem anderen Planeten, nicht nur am anderen Ende der Leitung.

Es war Megans erster Tag auf der Station. »Ja, ich weiß schon«, sagte sie, bemüht, tapfer zu klingen. Sie wünschte sich so sehr, es würde alles besser werden, ohne den Aufenthalt im Krankenhaus. Sie folgte ihrer Mutter durch die doppelte Glastür in die Station und blieb wie angewurzelt stehen.

Eine Kleinkinderstation?

Das konnte doch unmöglich stimmen!

Aber es stimmte.

Überall waren Kleinkinder, alles deutete auf die Anwesenheit von Kleinkindern hin.

Spielsachen schepperten. Ein Rasseln erklang, ein helles Glöckchen bimmelte. Ein Surren. Quietschen. Irgendwo auf der rechten Seite weinte ein Säugling.

Direkt vor ihr sauste ein kleiner Junge auf einem Plastikauto den Flur entlang und bog nach links ab. Er drückte auf die Hupe. Ein Erwachsener folgte ihm mit langsamen Schritten, er war in ein Gespräch mit einer Krankenschwester vertieft.

Großvater redete immer noch weiter, sagte ihr, sie solle sich keine Sorgen machen, aber Megan konnte nicht antworten.

Wo waren denn die anderen Patienten? Leute wie sie selbst? Leute in ihrem Alter?

Sie war doch kein Säugling und auch kein Kleinkind. Sie war schon fast vierzehn!

Warum hatte man sie hier untergebracht? Wie konnte so etwas passieren?

SMS an Gemma. So bald wie möglich. Sie würde eine Antwort wissen. Dafür hatte man doch beste Freundinnen, oder? Sie trösteten, redeten einem gut zu. Na ja, Gemma war mehr eine, die einen in solchen Fällen in den Arm nahm, anstatt zu reden.

Dad mochte Gemma. Sie sagte nie ein Wort zu viel. Nicht wie andere Freundinnen von Megan. Zum Beispiel die Zwillinge, die immer ungefähr hundert Wörter benutzten, wenn eins auch gereicht hätte.

Von Gemma würde ein ☺ oder ein ☹ kommen, und damit war alles gesagt.

Ja. SMS an Gemma. Selbst ihr würden ein paar Wörter einfallen, wenn sie erfuhr, dass man Megan in die Säuglingsstation gesteckt hatte.

Großvater bemühte sich immer noch, einen munteren Eindruck zu machen.

»Ich darf ja nicht allein mit dem Bus fahren, deswegen kann ich nicht zu dir kommen … Also wenn du irgendwelche Probleme hast, Mädchen, sag ihnen einfach, dass du mich anrufen musst. Sag ihnen, ich bin der Dorfälteste, deswegen habe ich mehr Ahnung als sie.«

Megan lachte, weil er sich das von ihr wünschte, aber Großvater war noch nicht fertig. »Genau, sag ihnen, wenn sie Hilfe brauchen ... Dichtungsringe für die Wasserhähne, Steckschlüssel, Schraubenschlüssel, irgendwelche Schwierigkeiten mit den Installationen ...«

»Wahrscheinlich haben die hier Leute, die so was machen«, sagte Megan, fest entschlossen, kein Zittern in ihrer Stimme zuzulassen. Es war nicht leicht. Sie hörte Säuglinge schreien. Sie hörte Kleinkinder weinen. Ihr fiel ein, dass sie ihr Handy vermutlich gar nicht benutzen durfte. Womöglich beeinflusste es irgendwelche Geräte. So wie im Flugzeug. Wenn jemand aufmerksam wurde, würde er ihr das Telefon vielleicht abnehmen. Sie presste es fester ans Ohr. Auf keinen Fall. Nicht bevor sie Gemma erreicht hatte. Oh, beeil dich, Großvater! Leg auf! Sei still!

Aber nein. Er versuchte immer noch, allem die richtige Wendung zu geben, alles in Ordnung zu bringen, so wie er es früher immer getan hatte, als Eisenwarenhändler.

Er konnte so gut wie alles in Ordnung bringen, ja, so ein Mensch war er, Megans Großvater.

»Also dann, du weißt, wo du mich findest.« Jetzt klang er noch weiter entfernt. »Aber es wird alles gut, du wirst sehen, so sicher wie das Amen in der Kirche. Dann tschüs erst mal, Lämmchen.«

Das Amen in der Kirche. Tja. Na ja.

Es war grauenhaft. Diese ganze Sache. Dass sie Krebs hatte, war schlimm genug, weil die Krankheit nicht von selbst wieder verschwinden würde, aber das war jetzt die Krönung ... eine Säuglingsstation!

Und das Krankenhaus lag meilenweit von zu Hause entfernt. Das bedeutete, dass Mam ständig quer durch die Stadt fahren musste. Sie konnte Stadtverkehr nicht ausstehen, und vor dem Krankenhaus fand man nie einen Parkplatz.

Sie war einfach viel zu kompliziert, diese ganze Sache.

»Na«, sagte Mam. »Das ist doch gar nicht so übel, oder?«

Megan verzog das Gesicht. »Gut ist es nicht.«

»Natürlich nicht … klar ist es nicht gut, dass du hierherkommen musst, aber wenn es jemandem schlecht geht …«

»Ja, das weiß ich, aber –« Megan verstummte. Aber was? Was genau? Was machte es schon aus, ob hier überall Kleinkinder herumrasten? Sie hatte Krebs und es musste schnell etwas geschehen.

Und trotzdem machte es etwas aus.

Irgendwie machte es was aus.

»Ist schon gut.« Mam blieb so fröhlich wie die Farben, die sie hier umgaben, die Farben der Wände, der Decke, überall waren sie, diese Farben. Nichts konnte über längere Zeit hinweg richtig schlimm sein, meinte Mam immer. »Wenn dein Vater anruft, gibt es jede Menge zu berichten. Er will bestimmt genau wissen, was jetzt los ist.«

Dann veränderte sich ihre Stimme. Die Fröhlichkeit war verflogen, als wäre es ihr zu anstrengend, die Fassade dauerhaft aufrechtzuerhalten. Wie Luftballons bei einer Party. Sie wurden immer irgendwann schlaff und schrumpelten zusammen. »Wenn doch nur …«

Megan wusste, was jetzt kommen würde. Ihr Bauch wurde ganz hart, als hätte sie eben eine Schüssel Zement ausgelöffelt. Sie wollte es nicht hören.

»Dad braucht nicht herzukommen. Ich habe doch dich.« Sie versuchte, fröhlich zu klingen. »Und ich habe Grandad. Ich werde schon klarkommen.«

Mam seufzte. »Ja, du hast mich und Grandad.« Sie schaffte es, ein bisschen zu lachen. »Und der hat schon angedroht, dass er jeden Tag anrufen wird. Zweimal am Tag, wenn nötig. Die Krankenschwestern tun mir jetzt schon leid. Er wird sie gnadenlos kontrollieren, pass nur auf.« Sie schüttelte den Kopf. »Als hätte er auch nur die leiseste Ahnung von Krankenhäusern. Von solchen hier, meine ich.«

Ein krausköpfiger kleiner Junge kam in atemberaubender Geschwindigkeit auf dem Hintern auf sie zugerutscht. Er wurde von seinem krausköpfigen Bruder verfolgt, der ihn hochhob, obwohl er sich wehrte. Dann tauchte die krausköpfige Mutter der beiden auf, mit rosigen Wangen und einer Sorgenfalte auf der Stirn.

»Sei vorsichtig mit ihm, Dylan, bitte!«

Der kleine Junge kicherte, als wäre das der größte Witz aller Zeiten.

Seine Mutter schenkte Megan ein vorsichtiges, angespanntes Lächeln.

»Willkommen im Irrenhaus«, sagte sie und nahm ihren kleinen Sohn in den Arm. Er krähte vor Vergnügen. Die Mutter warf Megan einen mitleidigen Blick zu. »Keine Sorge, Liebes, wir sind nicht mehr lange hier. Manchmal geht es hier auch friedlich zu.«

»Achtung!« Etwas knallte von hinten in ihren Rücken. Breite Hände umklammerten ihre Schultern.

»Entschuldigung!« Das Etwas war ein Junge, unendlich groß gewachsen, in einem riesigen T-Shirt und einer ausgebeulten Jeans. »Ich probiere gerade aus, wie schnell man so ein Ding vorwärtsschieben kann. Wichtige wissenschaftliche Forschung. Bis dann!«

Er machte einen Schritt um Megan und ihre Mutter herum und schoss mit seinem Tropfgestell davon. Vier Beutel mit Flüssigkeiten waren daran befestigt und spaghettiartige Schläuche führten in zwei auf dem Ständer festgeklammerte Kästchen.

»Hm … soso …« Mam sah ratlos drein. »Forschung.«

»Das glaube ich kaum«, sagte Megan. »Und mir ist so schon schwindlig genug, ohne dass mich jemand anrempelt. Wie dämlich ist der denn?« Sie nahm Mams Arm, denn jetzt hatte sie ziemlich weiche Knie. »Oh nein. Da ist er wieder.«

Und tatsächlich kam der Junge wieder auf sie zu.

»Hey, du bist ja gar kein Säugling!« Der Tropfständer quietschte beim Vorwärtsrollen. Der Junge schenkte ihr ein breites Grinsen. »Du bist ja ganz normal!«

Was hatte er denn erwartet, einen Marsmenschen vielleicht?

»Sag doch mal Hallo, mein Schatz. Wo sind deine Manieren?«, flüsterte Mam und stupste sie in die Rippen.

»Er ist gerade mit mir zusammengeknallt«, murrte Megan. »Was ist mit seinen Manieren?«

Der Junge betrachtete sie so aufmerksam, als hätte er noch nie zuvor ein Mädchen gesehen. Oder als hätte er schon zu viele Mädchen gesehen und wüsste genau, worauf es ankam. Megan zog ein grimmiges Gesicht und verschränkte die Arme. Hätte Mam sie bloß dazu überredet, ein weiteres Oberteil anzuziehen!

»Wir sind neu hier«, zwitscherte Mam so munter wie ein Vögelchen. »Wir wissen eigentlich gar nicht, wo wir hinsollen. Man hat uns nur gesagt, wir sollten … na ja … um diese Uhrzeit hier sein.« Sie legte ihren Arm um Megans Schulter und drückte sie, als sei dies ihr erster Tag im Feriencamp.

Megan schüttelte ihren Arm ab und sah den Jungen an, der so groß war wie die Tür, noch größer sogar, und sich einen Hut ins Gesicht gezogen hatte wie ein Hollywood-Gangster. Seine Augen funkelten. Er lachte sie aus. Vermutlich war er noch nicht mal von dieser Station und nur hier, um sich an ihrer Ratlosigkeit zu ergötzen. Sollte er doch.

Der Junge wollte gerade etwas sagen, als zwei Mädchen den Flur entlangkamen. Sie hatten einander untergehakt, die Köpfe zusammengesteckt und flüsterten sich kichernd irgendwelche Heimlichkeiten zu. Dann hielten sie an und starrten mit großen Augen erst auf den Jungen, dann auf Megan.

»Jackson«, sagte die eine mit quietschender Stimme und aufgeregter Miene, »hast du eine neue Freundin?«

Er schüttelte den Kopf und schnalzte mit der Zunge. »Becky, Becky, Becky. Komm!« Er hielt seine flache Hand hoch, Becky klatschte ihre Handfläche dagegen. »Wer ist deine Freundin?«

»Laura.«

»Komm, du auch, Laura.« Handflächen klatschten, wieder hallte Gekicher durch den Korridor.

Spielte der mit Neunjährigen? Sechzehn, siebzehn mochte er sein und gab sich mit Neunjährigen ab? Megan versuchte, einen Fussel von ihrem Ärmel zu zupfen, aber er ging nicht ab. Mam lächelte so verkrampft, dass ihre Backen zu roten Bällen anschwollen.

Sie mussten jetzt eigentlich ihre Sachen auspacken. Vielleicht warteten die Krankenschwestern oder der Arzt. Sie mussten jemandem Bescheid sagen, dass sie hier waren. Stattdessen standen sie still im Flur mit den ganzen Zeichnungen an der Wand und dem da im Mittelpunkt, dem Star der Show.

Megan drückte sich flach an die Wand.

Noch mehr Gekicher, die Mädchen hielten sich die Hände vor den Mund. Der Junge blickte auf die Mädchen herunter wie ein Oberstufenschüler, und die beiden sahen erwartungsvoll zu ihm auf, als wäre das alles schon einmal passiert, als wüssten sie, was jetzt kommen würde, als wäre alles nur ein großes Spiel.

»Erzählst du uns eine Gruselgeschichte, Jackson? Laura möchte eine hören. Bitte!«

Megan verdrehte die Augen.

»Jetzt nicht. Komm schon, Becky. Ich denke, dein Bruder wartet auf dich, oder? Bist du nicht seinetwegen hier?«

Die Mädchen sahen einander an, als wäre es ihnen gerade erst wieder eingefallen. »Huch! Okay. Wir sehen uns!« Kichernd drückten sie sich an der Wand entlang in Richtung Hauptstation. Jackson schüttelte den Kopf, dann wandte er sich wieder Megan zu, betrachtete sie noch einmal genau. Sie sah weg.

»Da hast du ja einen richtigen Fanclub«, sagte Mam. Sie kicherte wie die Mädchen, als wollte sie auch dazugehören.

Der Junge lachte. »Ja, so etwas Ähnliches.«

Megan stopfte die Hände in die Hosentaschen und betrachtete ein Bild, das an der Wand hing. Es zeigte einen dicken Elefanten. Einen fliegenden Elefanten. Er hatte drei rosa Zehennägel an jedem Fuß.

Jemand tippte ihr auf die Schulter. Es war der Junge.

»Also, wie heißt du denn jetzt?«, fragte er.

Megan wandte sich zu ihm um, aber sie gab keine Antwort.

»Oh, sie hat wohl plötzlich ihre Stimme verloren. Das ist Megan und ich bin ihre Mutter. Hallo, Jackson.«

»Mam! Müssen wir nicht gehen? Ich muss mich doch anmelden oder so was.«

»Ja …« Mam lächelte immer noch. Sie sah Jackson weiter prüfend an.

»Sie müssen doch wissen, dass ich hier bin, oder?«

Was hatte bloß dieser Junge an sich, dass alle um ihn herum dahinschmolzen?

Schritte näherten sich und sie wandten sich um.

»Oh-oh, da kommt Schwester Brewster …«

Eine groß gewachsene Frau mit einer hoch aufgetürmten Frisur steuerte auf sie zu, ein Aktenbündel unter dem Arm. Sie hielt an und richtete ihre riesigen blauen Augen auf Jackson, der mit einem Mal verstummt war. Megan wandte sich wieder den rosa Zehennägeln des Elefanten zu und versuchte, nicht zu lachen. Gar nicht mehr der große Star.

»Jackson … jetzt lass das Mädchen erst mal ankommen. Sie hatte ja noch nicht einmal Zeit zum Luftholen.«

Megan spürte, dass Schwester Brewster keinen Spaß verstand. Jackson war das offenbar auch klar. Er zuckte verlegen mit den Schultern, nahm den Hut ab und machte eine leichte Verbeugung. Er hatte eine vollständige Glatze. Mam schnappte nach Luft.

»Ich habe sie heute Morgen poliert, zur Feier Ihrer Ankunft.« Grinsend setzte er den Hut wieder auf.

»Ja. Danke, Jackson. Die Show ist vorbei.« Schwester Brewster trat zur Seite und ließ ihn vorbei. »Du hast Besuch.«

Jackson grinste breit in die Runde. »Also bis später, Leute«, sagte er. Dann schlenderte er mit schwingenden Hüften den Flur hinunter. Seine langen Beine schienen ihn beinahe in die Luft zu federn. Sein Tropfständer wackelte neben ihm her.

Schwester Brewster schüttelte seufzend den Kopf.

»Er sucht verzweifelt Gesellschaft, seit er hier ist.«

Während er noch unterwegs war, schwang eine Tür auf und eine kleine Frau mit einem schwarzen Federhut, einem dicken gelben Mantel und Unheil verkündender Miene trat in den Flur. Sie stemmte die Hände in die Hüften. Rund wie ein Kloß.

»Jackson! Komm sofort hierher, Junge! Machst hier einen Aufstand wie ein Halbstarker!« Ihre Stimme war laut und harsch, sie ließ sich nicht ignorieren.

Jackson hielt an und wandte sich nach Megan um. »Darf ich vorstellen: meine Mutter«, sagte er. »Ich weiß nicht, wie sie das schafft, immer im falschen Moment aufzutauchen. Wie schafft sie das bloß?«

Megan zuckte mit den Achseln, um zu signalisieren, dass sie keine Ahnung hatte.

Geschieht ihm recht. Angeber.

»Kannst du das arme Mädchen nicht mal in Ruhe lassen, bis sie ihr Zimmer gefunden hat? Gleich stehst du im Weg rum. Augenblicklich kommst du hierher, Junge.«

»Schon gut, schon gut.«

Jacksons Mutter blieb in der Tür stehen und wartete, bis er in seinem Zimmer verschwunden war. Dann marschierte sie hinter ihm her.

»Dieser Junge«, sagte Mam, »sieht ja unglaublich gut aus. Wie eine Statue aus Ebenholz. Und dieses Lächeln ... das geht ja gar nicht weg. Ist er nicht wunderbar?«

»Dieser Junge«, sagte Schwester Brewster, »könnte ein bisschen Abwechslung gebrauchen, und ich habe das Gefühl, er hat sie gefunden.« Sie nickte Megan bedeutungsvoll zu.

Kommt nicht infrage, dachte Megan. Ohne mich.

Megan hatte das Zimmer des Facharztes gleich nicht gefallen. Es lag unten in der Ambulanz, und in diesem Raum hatte man ihr mitgeteilt, dass sie Krebs habe. Es war nicht wie eine richtige Arztpraxis. Ihr eigener Arzt hatte Fotos von seinen Kindern an der Wand hängen. Drei Jungs, alle gleich alt. Einen dreifachen Albtraum nannte er sie.

Er hatte witzige Spielsachen auf seinem Tisch herumliegen, mit denen er seine kleinen Patienten ablenkte. Sie erinnerte sich noch daran, wie sie als kleines Mädchen hingegangen war. Sie erinnerte sich an den kleinen Affen, der am Stethoskop hochgeklettert war ... oder das getan hätte, wenn er echt gewesen wäre. Sie erinnerte sich daran, dass er der netteste Arzt auf der ganzen Welt war. An der Wand über seiner Behandlungsliege hing ein riesiges Foto mit schneebedeckten Bergen, so etwas wie eine Wintersportregion. Er wirkte immer so, als würde er im nächsten Moment in den Urlaub fahren, ihr eigener Arzt. Fröhlich, immer zum Scherzen aufgelegt.

Der Facharzt war ungefähr so witzig wie aufgewärmte Milch. Er trug eine Brille mit halbrunden Gläsern, und wenn er lächelte, was nicht häufig vorkam, sah er aus wie ein Frosch. Sein Zimmer hatte kahle Wände und zu viele Türen. Für ihn arbeitete eine Schwester mit einem Mund, der für ihr Gesicht zu klein wirkte. Sie erschien in einer der Türen mit einem Aktenstapel unter dem Arm, den sie auf den Schreibtisch legte, bevor sie durch eine andere Tür wieder verschwand. Megan hatte keine Vorstellung davon, wo diese Türen hinführten. Sie selbst war aus dem Wartezimmer in der Roten Zone gekommen. Jedem, der durch diese Tür trat, ging es angeblich schlecht, auch wenn er es gar nicht spürte.

Vielleicht war all das zusammen der Grund, warum Megan so hatte lachen müssen, dass sie sich beinahe in die Hose machte, als der Froschmann ihr gesagt hatte, sie habe einen Tumor und dieser Tumor sei Krebs. Hier lag ganz offensichtlich ein Fehler vor. Zunächst einmal fühlte sie sich überhaupt nicht krank.

Sie sah Mam und Papa an. Ihnen musste doch ebenso klar sein, dass es sich um einen Irrtum handelte. Aber die saßen nur ganz still nebeneinander wie diese Dinger, die Großvater aufstellte, damit seine Bücher nicht umfielen. Buchstützen nannte er sie.

Sie war doch nicht krank, ihr war nur manchmal schwindlig. Sie hatte ein bisschen weiche Knie. Wie konnte das Krebs sein? Das war Blödsinn. Sie würde einfach nach Hause gehen und das wieder vergessen. Das war kinderleicht.

Und außerdem, was wusste er schon?

Der Facharzt spielte mit seinem Kugelschreiber, bis ihr Lachen verstummte, aber gerade als er etwas sagen wollte, feuerte Megan eine Frage nach der anderen auf ihn ab, als hätte sie sich diese seit Wochen aufgehoben und müsste sie jetzt alle auf einmal loswerden. Sie ließ überhaupt keine Zeit für Antworten. Würde sie noch Fußball spielen können? Und Schlittschuh laufen? Würde sie noch mit ihren Freunden ins Kino gehen können? Würde sie noch einkaufen gehen können? Was war mit der Schule? Würde der Tumor von alleine wieder verschwinden? Warum war das überhaupt passiert?

Zuletzt hatte sie keine Fragen mehr. Die Aufregung machte sie müde. Megan sackte in ihrem Stuhl zusammen und wusste nicht mehr, was sie sagen oder tun sollte.

Sie sah, wie der Facharzt konzentriert seine Schreibtischunterlage betrachtete.

Sie sah, dass Mam und Papa immer noch starr wie Statuen auf ihren Stühlen saßen und sich an den Händen hielten.

»Mir ist klar, dass es ein Schock ist, wenn man so etwas erfährt«, sagte der Facharzt schließlich. »Und es tut mir sehr leid, dass ich Ihnen keine besseren Untersuchungsergebnisse mitteilen kann.« Er schlug eine Akte auf, vermutlich die von Megan. Sie hatte ziemlich viele Seiten. Ziemlich viele Untersuchungen. »Aber jetzt, wo wir es wissen und uns ganz sicher sind, können wir überlegen, was wir dir Gutes tun können.«

Ihr Gutes tun? Schokolade schenken? Zu einem Eis einladen oder ins Kino? So hatte er das wohl nicht gemeint.

»Ich denke, wir werden es folgendermaßen angehen: zuerst Chemotherapie, dann lässt er sich leichter entfernen.«

»Und wie geht das?«, fragte Megan. Ihr Kopf schwirrte. »Wie entfernt man einen Tumor?«

Der Facharzt wirkte überrumpelt. »Durch eine Operation«, sagte er.

»Sie meinen, man schneidet mir den Kopf auf?«

»Ja, Megan. Genau das meine ich.«

Aber warum denn, wo sie sich doch gar nicht krank fühlte?

Warum ließ sich der Froschmann nicht selbst den Kopf aufschneiden? Sollte mal einer nachsehen, ob sich da drin überhaupt ein Gehirn befand. Er machte doch gerade lauter Fehler. Er meinte eine andere Patientin. Vermutlich hatte ihm diese blöde Schwester mit dem zu kleinen Mund die falsche Akte hingelegt. Es gab wohl noch eine andere Megan Bright. Genau, so war das.

Babyleicht, alles babyleicht. Aber jetzt fing sie doch an zu zittern. Es war nicht kalt im Raum, aber sie zitterte am ganzen Körper. Jemand nahm ihre Hand. Es war Papa. Sie musste sich vergewissern, denn alles fühlte sich plötzlich ganz fremd an. Sie fühlte sich, als käme sie aus einem anderen Land, wie jemand, der die Sprache nicht versteht, jemand, der alles dafür tun würde, endlich wieder etwas Vertrautes zu hören.

Der Facharzt schenkte ihr sein Froschlächeln. »... ich denke, wir haben alle ein gutes Gefühl, was deine Heilung angeht, Megan. Ich möchte, dass du das weißt.«

Als würde er einen Zauberstab schwenken. Aha. Gut.

»Eine Operation also?« Das war Mam, die ein Taschentuch zwischen ihren Fingern zerknüllte. Es war ein kleines Ding mit einer Borte am Rand und einem aufgestickten Kleeblatt in der Ecke. Sie klang, als sei sie gerade von irgendwo anders in diesen Raum hineingefallen und würde überhaupt nichts mehr verstehen.

»Wann?«, fragte Megan.

»Das kann ich zu diesem Zeitpunkt noch nicht sagen«, antwortete der Facharzt. »Du solltest dich einweisen lassen, sobald hier ein Bett frei wird.« Er schlug Megans Akte zu. War das ein Zeichen, dass sie jetzt gehen konnten?

Keiner rührte sich. Jeder wartete nur ab, was als Nächstes passieren würde.

Schließlich hüstelte Papa und drückte Megans Hand. »Na, wie klingt das?«

Es klang beschissen.

Der leuchtend rosafarbene Koffer stand herum wie eine dieser Blüten, die nach dem Regen in der Wüste blühen. Mam räumte ihn aus, legte die Sachen zurecht, so wie sie immer alles zurechtlegte.

Die Kleider faltete sie zu ordentlichen kleinen Päckchen zusammen und schob sie ganz sorgfältig in den Schrank, als ob es unheimlich wichtig wäre, in welchem Fach sie untergebracht waren.

Megan, die neben dem Bett stand, wünschte, Mam würde damit aufhören. Tu das nicht, noch nicht, wollte sie sagen. Ich muss das selbst machen, auf meine eigene Art und erst dann, wenn ich will. Es sind doch meine Sachen.

Die Wörter waren da, aber sie blieben ihr in der Kehle stecken, blähten sich in ihr auf.

Schließlich war alles da, wo es hingehörte, und im Schrank stapelten sich lauter Bruchstücke von Megans Leben, alles säuberlich sortiert und hinter den Schranktüren verborgen. Mam hatte rote Wangen. Sie sah sich im Raum um, als nehme sie alles in sich auf, als würde sie sich fragen, was jetzt zu tun oder zu sagen sei, als könnte sie Untätigkeit nicht ertragen.

»Wenn bloß dein Vater hier wäre«, sagte sie unvermittelt. »Er wollte herkommen und hier bei dir sein.«

Das reichte als Auslöser. Megan explodierte.

»Nein!«, schrie sie. »Er hat seine Arbeit, und die ist zu weit weg! Er wird schon anrufen oder eine Mail schicken, die kannst du für mich ausdrucken. Ich will überhaupt nicht, dass er kommt.« Megan verstummte, als ihr klar wurde, dass sie laut schrie, aber sie sah sich angewidert im Raum um. »Es gibt hier ja noch nicht einmal einen Computer.«

Tief einatmen, tief ausatmen. Ruhig bleiben, jetzt nicht durchdrehen.

Aber es war, als habe sie durch das Ein- und Ausatmen alle Kraft verloren, als wäre diese einfach aus ihr ausgeströmt. Nicht einmal ihre Augen wollten noch offen bleiben. Die Augen waren zu voll, die Lider zu schwer. Natürlich wünschte sie, ihr Vater wäre hier. Sie sehnte sich so sehr nach ihm, dass es wehtat, aber er durfte nicht kommen. Er hatte es ihr versprechen müssen. Er hatte schwören müssen. Er durfte nichts anders machen. Er arbeitete woanders, das war normal. Er kam nach Hause, wenn er Urlaub hatte, wenn er an der Reihe war, und das war normal.

Er sollte alles so lassen, wie es war.

Nur so, nur so konnte sie gesund werden.

»Mir geht es gut«, sagte sie mit ruhiger, gefasster Stimme. »Er braucht nicht hier zu sein. Und du auch nicht.«

Eine irische Krankenschwester namens Siobhan kam herein, um sich zu vergewissern, dass alles in Ordnung war. Das war es nicht, nicht wirklich, aber nach einer Tasse Tee und ein bisschen mehr Hin und Her sagte Mam, sie würde jetzt vielleicht für ein paar Stunden nach Hause gehen.

»Sie können hierbleiben«, sagte Siobhan. »Es gibt hier eine Klappliege.« Sie zeigte auf ein Zusatzbett, das wie ein gebrochener Flügel an der Wand neben Megans Bett hochgeklappt war. »Manche Eltern machen das.«

Wenn ich noch klein wäre, ja, dachte Megan. Wenn ich noch ein Baby wäre.

»Morgen, Mam. Komm morgen wieder. Ich komme klar. Wirklich.«

Sie beobachtete, wie sich ihre Mutter und die Krankenschwester einen Blick zuwarfen. Schwester Siobhan schlug Mam vor, noch hierzubleiben, während sie Megan Blut abnahm.

»Sie fangen mit der Behandlung an.« Mam warf der Schwester noch einen Blick zu. »Ich sollte hierbleiben.«

Megan sah sie beide an, schüttelte den Kopf.

»Na gut«, sagte Mam. »Dann gehe ich jetzt erst mal. Aber morgen früh bin ich gleich wieder da. Und du rufst auf jeden Fall an, wenn ich früher kommen soll. Egal, wie spät es ist, verstanden?«

Endlich brach Mam auf, aber ihr fiel noch etwas ein, sie wollte einfach nicht gehen.

»Warum unterhältst du dich nicht mal mit diesem Jungen? Er kennt sich bestimmt aus mit der Station und allem.«

Megan ignorierte sie hartnäckig.

»Ihr könntet Freunde werden, Schatz.«

»Ich hab schon Freunde. Mir geht's gut.«

Mam war kaum aus der Tür, da riss Megan schon jedes einzelne Teil aus dem Schrank und drapierte alles um sich herum. Sie saß mitten drin wie ein Hamster in seinem Nest. Es waren persönliche Dinge, *ihre* Dinge, Briefe von Dad, Make-up, Unterwäsche. Alles. Sie wollte sie noch eine Weile um sich haben,

diese kleinen Bruchstücke von zu Hause. Das Einzige, das ihr bestätigte, wer sie war.
Megan sah sich das Waschbecken an, das darüber befestigte Regal, den Mülleimer darunter, das Bett mit seinen ganzen Hebeln und Pedalen, den Fernseher, der wie an einem Stiel aus der Wand wuchs, die weiße Tafel, auf der in großen blauen Buchstaben ein Name stand. Ihr Name. Irgendwie überraschte sie das.

ZWEI

»Also, Megan Bright.« Jackson entzifferte ihren Namen von der Tür aus. »Schon Heimweh?«

»Nein.«

Megan schob ihre Sachen zu einem unordentlichen Stapel zusammen und warf ihren Bademantel darüber, um sie zu verbergen. Es war ein grüner Bademantel, und das Bett sah nun so aus, als sei darauf ein Hügel gewachsen. Irgendetwas daran war befriedigend, und sie fühlte sich gleich ein bisschen besser. Das hier war ihr eigener Hügel, und nur sie durfte ihn erklimmen oder ein Loch hineingraben, sonst niemand.

»Darf ich reinkommen? Habe gerade nachgetankt.« Er zeigte auf einen Flüssigkeitsbeutel, der von seinem Tropfgestell hing.

Megan wandte den Blick von seiner grinsenden Miene ab und betrachtete stattdessen den grünen Hügel auf ihrem Bett, glättete die Falten, klopfte ihn zurecht.

»Also, darf ich?« Jackson lehnte sich an den Türrahmen.

»Ich hätte gedacht, du bist zu alt für eine Säuglingsstation«, sagte Megan. »Mit deiner wichtigen wissenschaftlichen Untersuchung und all dem Kram.«

Jackson seufzte. »Entschuldigung. Ich hatte nicht vor, dich über den Haufen zu fahren, aber hier ist es so langweilig, dass man verrückt wird. Pluster meint …«

»WER meint?«

»Schwester Brewster. Sie sagt, solange ich dich nicht nerve, darf ich ruhig rüberkommen und Hallo sagen, wo wir doch die einzigen Jugendlichen auf der großen weiten Welt sind.« Er breitete in einer dramatischen Geste die Arme aus.

Megan spielte mit dem Gürtel ihres Bademantels.

»Im Ernst. Diese Station ist die Welt. Und wir sind die Ältesten hier. Nur behandeln sie uns nicht so. Du brauchst die Genehmigung deiner Eltern, um hier rauszugehen. Sogar zum Einkaufen in dem kleinen Laden da unten. Das ist der Hammer.« Jackson ließ sich auf den Stuhl neben ihrem Bett plumpsen. Er machte es sich darauf bequem; mit seinen langen Beinen wirkte er beinahe zu groß für diesen Raum, wie ein exotischer Vogel in einem zu kleinen Käfig. Er befand sich zu dicht an dem grünen Hügel aus Megans Habseligkeiten.

»Und du musst auch noch was für die Schule tun. Es ist hoffnungslos.« Er verstummte und sackte in seinem Stuhl zusammen. »Ich habe gerade zu viel geredet, oder?«

Megan gab keine Antwort, sondern ließ ihre Hände über den Hügel gleiten. Sie wollte ihn in den Arm nehmen, ihn beschützen, ihn niemals wieder loslassen. Ihre Augen begannen zu brennen.

»Was hast du denn eigentlich da drunter?« Jackson beugte sich vor.

»Nicht!« Megan zerrte ihre Sachen zu sich herüber. Der Bademantel verrutschte ein bisschen und gewährte einen Blick auf ihre Sachen, Teile davon, kleine Ecken, Zipfel ihrer Unterwäsche. Sie fühlte sich nackt vor ihm, wie er dasaß und ihre Sachen anstarrte wie irgendein Perverser. »Fass das nicht an!

Das gehört mir!« Sie deckte alles wieder zu und strich die Falten glatt.

Jackson hielt seine Hände hoch, die nur aus langen Fingern zu bestehen schienen. »Schon gut! Ich fass doch gar nichts an, siehst du?« Er schüttelte den Kopf, sein Lächeln war verschwunden. »Pluster sagt …«

»Sie hat nichts davon gesagt, dass du hier einfach auftauchen und dich aufführen sollst, als wärst du hier der Chef, oder dass du die Leute im Flur umfahren oder deine Nase in fremde Angelegenheiten stecken sollst.«

Jackson zuckte mit den Achseln. »Sie meinte, wir sollten Freunde werden.«

»Ich hab schon welche, danke.«

Eine lange Schweigepause folgte, und Megan hatte nicht vor, sie zu beenden.

»Du wirst enttäuscht sein«, sagte Jackson schließlich. »Freunde lassen dich im Stich.«

»Meine werden das nicht tun«, sagte Megan. »Sie werden mir alles Mögliche vorbeibringen.«

Jackson schüttelte den Kopf. »Sie werden denken, sie könnten sich anstecken oder so. Sie werden es nicht aussprechen, aber sie werden dich ansehen, als würden ständig kleine Teilchen von dir abbrechen und ihnen könnte womöglich dasselbe passieren, wenn sie dir zu nahe kommen. Du wirst sehen.«

Typisch Jungs. Seine Freunde mochten sich ja vielleicht so benehmen, aber ihre würden das niemals tun. »Du weißt auch nicht alles.«

Jackson räkelte sich lässig in seinem Stuhl, als würde er tatsächlich über alles Bescheid wissen, vor allem über ihre Freunde. Er schlug die Beine übereinander und dann wieder zurück. Zwei Streifen Haut grinsten durch ausgefranste Risse in seinen Jeans.

Megan zupfte an einem Zipfel ihres Bademantels herum und ließ ihn wieder fallen.

Ihre Freunde würden auf jeden Fall kommen.

»Zu viele Hausaufgaben«, fuhr Jackson fort. »Zu viel zu tun. Sie haben Hausarrest. Wohnen zu weit weg. Müssen mit der Band proben. Ich kenne alle Ausreden.«

Megan sah ihn an. »Mit der Band proben?«

Jackson verschränkte seine Finger und betrachtete sie einen Moment lang. »Wir hatten so eine Band, ich und meine Kumpels. Sie müssen weiterproben, deswegen können sie nicht kommen. Das behaupten sie jedenfalls.«

»Sie proben ohne dich?«

»Na ja, ich bin hier und sie sind dort«, sagte er. »So ist das eben.« Er begann an seinen Nägeln zu kauen, an der Haut um die Nägel herum.

Wieder Schweigen.

Megan sah auf ihr Bett. Hätte sie doch bloß nicht alles noch einmal aus dem Schrank gerissen! Es würde eine Ewigkeit dauern, die ganzen Sachen wieder einzuräumen.

»Ich nerve dich, oder?« Jackson tippte sich mit dem Finger an den Hut. Megan zuckte mit den Achseln.

»Heißt das jetzt Ja oder Nein?« Er sah sie mit seinen riesigen braunen Augen an und schob die Unterlippe vor wie ein Säugling, der jeden Moment zu weinen beginnt.

Becky und Laura fanden so etwas ja vielleicht witzig. Sein Fanclub. Neunjährige.

»Mein Opa ruft gleich an. Nach dem Kaffeetrinken. Er ist fünfundneunzig«, sagte Megan.

Jackson starrte sie verständnislos an.

»Das hier ist für ihn eine wichtige Sache.« Ihr Tonfall wurde sehr förmlich. »Und er wird anrufen.«

»Okay, ich hab verstanden. Bin schon weg.« Jackson rutschte vom Stuhl und war mit einem einzigen lockeren Schritt an der Tür. Er warf einen Blick in den Flur, dann wandte er sich zu ihr um.

»Schon mal mit einem Tropf geschlafen?«

Megan blinzelte.

Jackson zeigte mit dem Kinn auf den Zugang, der an ihm befestigt war.

»Keine Angst. Du gewöhnst dich dran.«

Etwas an seiner Stimme ließ sie aufhorchen. Sie sah ihn genauer an. Die Hutkrempe verbarg seine Augen, den größten Teil seines Gesichts. Sie konnte seine geschwungenen Lippen sehen, seine knochigen Wangen, seinen langen Hals, seine Finger, die locker auf dem Türgriff lagen. Er lehnte den Kopf nach hinten gegen den Türrahmen. Jetzt konnte sie seine Augen sehen. Sie glänzten.

»Du gewöhnst dich an fast alles«, sagte er. »Sogar an mich.«

Als sie wieder alleine war, sah sich Megan im Zimmer um, betrachtete die vor Sauberkeit schimmernden Wände, die so wirkten, als wäre hier alles für den Neuzugang geputzt und poliert worden. Sie fühlte sich klein, unbedeutend, nicht ganz so sauber und glänzend wie alles, was sie umgab.

»Ich bin hier«, flüsterte sie. »Hast du mich schon bemerkt?«

Nichts rührte sich, nichts regte sich, noch nicht einmal die Vorhänge vor dem offenen Fenster.

Megan besah den grünen Hügel auf ihrem Bett und legte ihren Kopf darauf. Sie spürte die Konturen ihrer Sachen, ihres zersplitterten Lebens, unter dem Bademantel.

Das hier war ihre Welt, so wie Jackson es gesagt hatte. Jetzt, wo er verschwunden war, wirkte diese Welt sehr leer.

»Wir müssen jetzt einfach damit anfangen«, sagte Siobhan, während sie die Chemo in einem durchsichtigen Beutel an den Haken hängte, die Tropfgeschwindigkeit durch einen Knopfdruck regulierte und noch einmal nachkontrollierte, als die ersten Tropfen durch den Schlauch rannen. Diese Aktion war mit einer Menge Gepiepse und dem Geblinke kleiner Lämpchen verbunden.

Als sich endlich alles beruhigt hatte, sagte Siobhan: »So, das wär's. Jetzt müssen wir nur noch darauf warten, dass es wirkt.«

Es sah alles so aus wie bei einer dieser Kochsendungen im Fernsehen, in denen der Fernsehkoch jeden seiner Handgriffe erläutert, egal, ob er gerade Eier verrührt oder Salz und Pfeffer in die Suppe gibt.

So, und die hier habe ich vor der Sendung schon mal vorbereitet …

Und jetzt war alles erledigt.

Siobhan reinigte sich die Hände am Waschbecken. Sie zog ein Papiertuch aus dem Spender, trocknete ihre Hände damit und ließ es in den Mülleimer fallen. »In ein paar Tagen gehst du nach Hause und kommst dann zur nächsten Runde wieder her … in drei Wochen wahrscheinlich.«

In ein paar Tagen nach Hause. In drei Wochen wieder her. Und was war mit allem anderen?

»Aber die Schule und all das«, sagte Megan. »Gehe ich einfach wieder hin, wenn ich hier raus bin?«

Siobhan trug etwas in eine Tabelle ein. »Wenn du möchtest. Wenn es dir gut geht. Manche gehen hin, manche nicht. Es kommt darauf an.«

Megan seufzte.

»Ich weiß, das ist die schwammigste Antwort der Welt. Aber weißt du, ihr seid doch alle ganz verschieden und kriegt unterschiedliche Behandlungen, für unterschiedlich lange Zeit.« Siobhan schüttelte kurz den Kopf, als wäre das ein ernsthaftes Problem.

»Also, wenn ihr nervtötenden Patienten euch darauf einigen könntet, alle den gleichen Tumor an derselben Stelle zu kriegen, wäre das für die Medizin eine große Hilfe und wir könnten alle pünktlich zum Kaffee nach Hause gehen.« Siobhan wirbelte ihren Stift durch die Luft wie einen Zauberstab. »Das wäre einfach fantastisch, oder?«

Megan musste unwillkürlich lächeln. »Aber wenn ich nach Hause gehe, was wird dann mit diesem komischen Schlauch, dieser Leitung?«

»Pass auf, du und dieser Schlauch, ihr werdet euch so gut aneinander gewöhnen, dass du dich am Ende überhaupt nicht mehr von ihm trennen willst. Ihr werdet die besten Freunde und amüsiert euch zusammen glänzend.« Siobhan tätschelte Megans Arm und wurde wieder ernst. »Wir lassen das drin, Megan, damit wir nicht ständig irgendwelche Nadeln in dich reinstechen müssen.«

»Aber es soll doch nicht nass werden.«

»Wenn du damit schwimmen gehen meinst, nein. Aber duschen kannst du damit.«

»Ich kann mir nicht vorstellen, wie ich damit Fußball spielen soll oder zum Sportunterricht gehen …«

»Solange es gut festgeklebt ist, warum nicht?«, sagte Siobhan. »Es ist doch klar, dass du dir das Ding nicht rausreißen sollst. Aber es ist ja nicht für immer. Ehrlich nicht.«

Megan starrte den Tropf an, den Schlauch, das Tropfgestell. »Jaja, ich weiß.«

Siobhan machte so ein Gesicht, als wollte sie noch etwas sagen, aber dann runzelte sie die Stirn. Jemand war draußen im Flur. Sie beugte sich aus der Tür.

»Hallo, du da. Alles in Ordnung? Wo ist denn deine Mam?« Geflüster. Noch mehr Schritte. »Nein, jetzt nicht, Hering. Megan ist gerade beschäftigt.«

Hering? Was war denn das für ein Name?

»… aber du kannst vielleicht später kommen, ja? Jetzt Abmarsch. Ich komme zu dir, sobald ich hier fertig bin. Nein, ich bin mir sicher, dass Megan nichts dagegen hat, wenn du irgendwann mal herkommst und sie begrüßt.«

Siobhan lächelte, als sie das Zimmer wieder betrat. »Eine kleine Süße ist das. Sie fährt voll auf Jackson ab. Vielleicht will sie die Konkurrenz abschätzen.« Sie zwinkerte Megan zu. »Das bist doch jetzt du …«

Megan schnalzte mit der Zunge. »Sie kann ihn gerne haben. Wie alt ist sie?«

»Knapp sieben Jahre alt, die arme Kleine. Sie wohnt praktisch hier.«

Siobhan räumte auf, ihre Bewegungen waren präzise und aufs Notwendige beschränkt, als würde sie ihre Arbeit mit verbundenen Augen beherrschen. Innerhalb nur weniger Sekunden sah es im Zimmer aus wie vorher, bis auf den Tropf natürlich und das daran angeschlossene Gerät mit all seinen Zahlen und dem Klickgeräusch und der blauen Fassung.

Megan sah noch einmal nach oben, beobachtete, wie sich bei jedem Klicken kleine Tröpfchen bildeten, beobachtete, wie diese größer wurden und in regelmäßigem Rhythmus herabfielen, und sie war dankbar dafür, dass es nicht für immer war, dass sie nicht praktisch auf dieser Station wohnte.

»Was erzählen Sie denn den Kleinen, um ihnen das Gefühl zu geben, das hier ist alles reiner Spaß – was erzählen Sie denn … Hering?«

Siobhan lächelte. »Ach, die Kleinen. Die kriegen ihre Sonderbehandlung. Denen erzählen wir von den bösen Zellen und den guten Zellen und dem großen Zauberstab und dem Zauberer und dass alles ein großes Abenteuer ist und sie darin die Hauptrolle spielen. Wie im Zeichentrickfilm. Aber mit dir reden wir Klartext.«

Megan spielte an dem Armband mit ihrem Namen herum, drehte es um ihr Handgelenk. Sie hatte eine Nummer ganz für sich allein, sie war also einzigartig. Und doch gar nicht so einzigartig. »Haben hier alle das Gleiche, auf dieser Station? Haben wir alle Krebs?«

»Ja«, antwortete Siobhan. »Jeder hat Krebs hier.«

»Und wie viele sind das?«

»Achtzehn, wenn wir voll belegt sind. Wir haben ein Baby hier. Sechs Monate alt. Armer kleiner Kerl. Aber er blüht richtig auf, wenn seine Schwester ihn besuchen kommt. Sie heißt Becky. Ich glaube, du hast sie schon gesehen …«

Siobhan bewegte sich in Richtung Tür.

»Und Jackson und ich, wir sind die Ältesten?«

»Genau. Ihr seid die Großen.«

»Und kämpfen gegen die Bösen.«

»So könnte man es sagen. Aber du hast Glück, Megan. Du kannst wieder nach Hause, du kannst in der Zeit zwischen den Behandlungen sogar wieder zur Schule gehen.«

Schule. Wenn sie nur daran dachte. Es war ja nicht so, dass man ihr hier den Blinddarm rausoperierte oder so etwas, so wie damals bei Frieda, die jedem ihre Narbe gezeigt hatte, oder wie bei Jack Longstaff, der sich ein Bein gebrochen hatte und mit Gips und Krücken zur Schule kam. Irgendwie fühlte sich das hier anders an. Es war so eine Sache, mit der man nicht angeben konnte … Krebs.

»Mam sagt, ich muss nicht. Ich kann zu Hause lernen.«

»Manche gehen auch nur halbtags, weißt du? Es kommt drauf an. Aber keiner macht dir Druck, keine Sorge. Du konzentrierst dich erst mal darauf, wieder gesund zu werden, ja?« Siobhan winkte ein bisschen. »Wir sehen uns. Drück auf die Klingel, wenn du etwas brauchst.«

Und weg war sie.

Megan sank in ihre Kissen. Halbtags. Wie bitte schön sollte sie ihren Platz in der Fußballmannschaft behaupten, wenn sie *halbtags* zur Schule ging?

»Also, pass auf, ich muss ein ganzes Dorf darüber auf dem Laufenden halten, was mit meiner Enkelin im Krankenhaus passiert, also berichte mir alles haargenau, jede Kleinigkeit, Mädchen. Mrs Lemon hört auch mit, damit ich nichts Falsches erzähle, wenn jemand nachfragt.«

Großvaters Stimme klang wie immer, alt und blechern, schwer verständlich, wenn man sie nicht kannte oder nicht daran gewöhnt war, ihn reden zu hören. Megan sah ihn vor sich, wie er den Hörer mit beiden Händen umklammerte, ihn festhielt, als würde er jeden Moment wegfliegen und wie seine Pflegerin, Mrs Lemon, neben ihm stand und die Ohren spitzte.

»Ich bin zu groß für das Bett«, berichtete sie.

»Du bist ein großes Mädchen. Das überrascht mich nicht.«

»Nein, das Bett ist zu klein. Das hier sind fast Babybetten.« Er würde das nie verstehen, ohne es direkt zu sehen. Wie konnte er sich vorstellen, wie es hier war?

»Babybetten«, teilte Großvater Mrs Lemon mit.

»Aber immerhin habe ich ein Einzelzimmer.«

Sie redete weiter, schilderte die Station, Schwester Brewster, die Ärzte, Siobhan, dann Jackson. Das Erste, was sie über ihn sagte, war, dass er ganz schön nervte.

»Und er erzählt neunjährigen Mädchen Geistergeschichten! Stell dir das vor! Na ja, jetzt kannst du dir vielleicht vorstellen, was für eine Station das hier ist.«

Wenn sie nur daran dachte, wurde sie schon wütend.

»Wie alt ist er denn?«

»Keine Ahnung, aber er kann noch nicht sechzehn sein, sonst wäre er auf der Erwachsenenstation.«

»Ist er denn freundlich zu dir?« Großvaters Stimme klang so besorgt, als hätte sie keine eigenen Freunde. Warum ging denn jeder davon aus, dass sie Jackson brauchte?

»Zu freundlich, wenn du mich fragst. Er hat keine Haare.«

Einen Moment lang herrschte Schweigen, erst dann antwortete Großvater: »Na so was.« Megan hörte, wie Mrs Lemon von hinten nachfragte, wahrscheinlich wissen wollte, was das Problem war.

»Jackson hat keine Haare.« Wieder Schweigen. Dann hörte sie etwas, vermutlich fragte Mrs Lemon, wer Jackson war. »Na so was«, sagte Großvater noch einmal. »Steht ihm das denn?«

»Mam findet ihn süß.« Als ob das ausschlaggebend wäre.

»Ah ja. Das ist gut.«

Wieder Schweigen.

Großvater erwartete offenbar von ihr, dass sie noch etwas sagte, oder ihm waren die Fragen ausgegangen oder die Antworten, die er anbieten konnte – dieser Mann, der normalerweise zu allem und zu jedem etwas zu sagen hatte. Das Schweigen vertiefte sich zum Abgrund. Sogar Mrs Lemon war ganz still geworden.

»Die haben Vorhänge mit Elefanten drauf«, sagte Megan schließlich. »Elefanten!«

»Sie hat Elefanten!« Großvater klang erleichtert. Im Hintergrund hörte man ein »Oh, wie nett!« von Mrs Lemon.

Das war was für Babys, dieser ganze Kinderkram, Disney World, wohin man sah, und die Schwestern trugen Schürzen mit irgendwelchen Zeichentrickfiguren drauf.

»Und überall an den Wänden hängen so dämliche Bilder.«

»Also, du musst Folgendes machen«, riet Großvater. »Ignorier den ganzen Kram und den ganzen Unsinn und werde gesund. Was musst du machen?«

»Den ganzen Kram ignorieren und gesund werden.«

»Braves Mädchen. Sag dir das vor, wenn dir von den Elefanten schlecht wird. Mir würde von Elefanten schlecht werden«, sagte er. »Sie hinterlassen immer ihre Fußabdrücke in der Butter.« Megan musste lachen, aber genauso plötzlich fing sie an zu weinen.

»Aber, aber. Ich weiß ja, dass meine Witze schlecht sind …«

»Noch schlechter als die von Dad«, schluchzte sie.

Noch schlechter als die von Dad.

Wieder eine kurze Pause. Vielleicht ahnte Großvater, dass es ihr guttat, mit ihm zu sprechen, aber dass es auch gut wäre, wenn sie mit ihrem Vater sprechen könnte. Mehr als nur gut.

»Hast du schon mit ihm geredet? Ist er mal zu dir durchgekommen?« Megan konnte nicht sprechen. Großvater redete schnell weiter, plötzlich fiel ihm jede Menge ein. »Es ist bestimmt nicht einfach, von irgend so einem russischen Ölfeld aus. Ich vermute, mit Telefonieren sieht es da nicht so gut aus. Sind bestimmt viel zu viele Leute da, die das Telefon benutzen wollen. Ich kenn mich da nicht aus, aber ich würde mal sagen, das ist der Punkt.«

Selbst wenn sie hätte reden können, wäre es ihr nicht gelungen, ihm zu erklären, warum sie Dad das Versprechen abgenommen hatte, dass er nicht anrufen würde, während sie im Krankenhaus war. Nur, damit er immer sagte, wie schwierig es war, so weit weg zu sein. Deswegen hatte sie ihm gesagt, er solle warten, bis sie wieder zu Hause war. Auf diese Weise gab es wenigstens etwas, worauf sie sich freuen konnte, hatte sie zu ihm gesagt, als er versucht hatte, ihr das auszureden.

»Es ist der Zeitunterschied. Es ist schwer, den richtigen Moment zu erwischen«, sagte Megan. Sie wünschte, sie hätte Dad nie dieses Versprechen abgenommen – sie wünschte sich so, seine Stimme zu hören, ihn zu sehen.

»Ich wüsste ja gern«, sagte Großvater, »ich wüsste ja zu gern, welche Vögel es da draußen bei ihm gibt. Ich hätte ihm ein Buch raussuchen sollen, bevor er wegfuhr. Er hätte eine Liste führen können.« Großvater und seine Listen. »Das kannst du ihn fragen, wenn du mal mit ihm telefonierst. Sag ihm, dein Großvater möchte wissen, was er da gesehen hat. Er braucht eine interessante Aufgabe, um sich die Zeit zu vertreiben. Ich meine, er sollte unbedingt Vögel beobachten.«

Ein Murren im Hintergrund. Megan gelang es zu kichern. Farbe beim Trocknen zuzusehen, so beschrieb ihr Vater die Spannung beim Beobachten von Vögeln. Vielleicht empfand Mrs Lemon es auch so.

»Ich sag's ihm«, versprach sie.

Ein lauter Schrei ertönte von irgendwoher, als würde man einem Baby etwas Schreckliches antun, dann klingelte ein Telefon, es klingelte und klingelte. Direkt vor ihrer Tür hörte sie eilige Schritte, laute Stimmen, kurzes Gelächter, dann war wieder alles ruhig.

»Wenn ich bloß nicht auf der Kinderstation wäre. Ich wäre viel lieber auf der Erwachsenenstation.«

»Nein, wärst du nicht«, lautete die Antwort. »Alles voller alter Knacker. Das würde dir auch nicht gefallen. Die jammern doch nur die ganze Zeit, allesamt. Schwester hier, Schwester dort. Ich kenne das doch. Ich war auch so einer.« Dann lachte er. »Ich hab die ganz schön in der Gegend herumgescheucht, selbst mit meinen eingegipsten Handgelenken.«

Wieder klaffte das Schweigen auf wie ein Abgrund. Vielleicht erwartete er von ihr, dass sie lachte und ihm Gelegenheit gab, noch einmal die ganze Geschichte zu erzählen, wie er sich beim Tanzen die Handgelenke gebrochen hatte.

Jetzt war wieder Gemurmel im Hintergrund zu hören.

»Ja, ja, mach ich gleich … Mrs Lemon möchte wissen, ob sie schon irgendwas mit dir unternommen haben.«

Megan wusste gar nicht, wo sie anfangen sollte. Es gab so viel, und sie konnte sich nicht mehr daran erinnern, in welcher Reihenfolge sich alles abgespielt hatte. Alles war so verwirrend, manches sogar ein bisschen furchteinflößend.

»Ich hänge am Tropf«, sagte sie und sah hinauf zu dem Beutel an dem Metallständer mit den Rädern, alles nun ein Teil von ihr, Teil dieser Welt, der sie nun angehörte.

»Das ist wahrscheinlich für die Limonade«, sagte Großvater, als wäre sie nicht fast vierzehn, sondern erst fünf Jahre alt.

»Für meine Chemo, du Dummer.«

»Ach, das. Na ja, ist wohl besser, du kriegst das durch einen Schlauch, anstatt das Zeugs zu trinken. Schmeckt angeblich wie Löwenzahn und Klettenwurzelöl. Das würde dir überhaupt nicht schmecken. An welchem Arm?«

Es war nicht an ihrem Arm. Das Ende … oder der Anfang? Sie konnte sich nicht entscheiden, was genau … steckte in ihrer Brust. Sie hatten es unter ihre Haut geschoben, nahe am Schlüsselbein. Es endete direkt über ihrem Herzen. Der Rest wand sich wie eine kleine Schlange unter einem Verband entlang und baumelte dann zwischen ihr und dem Tropfständer herab.

»Jackson hat auch so einen«, sagte Megan. »Das nennt man einen zentralen Venenkatheter oder so.«

Großvater wirkte beeindruckt. »Zentraler Venenkatheter!«

Das war die Information für Mrs Lemon. »Das bedeutet, du kannst beide Hände benutzen, wenn du dich frisierst und dir die Nägel lackierst. Ihr Mädchen! Immer fummelt ihr an euren Haaren herum.«

Er lachte. Megan lachte. Er versuchte, sie aufzumuntern, und er sollte glauben, dass es funktionierte. Großvater fing an zu husten, und das bedeutete, dass dies nun schon ein langes Telefongespräch war, dass seine Stimme ermüdete oder dass er das Telefon so fest umklammert hielt, dass seine Finger steif wurden.

»Na, jetzt aber«, sagte er, als sich sein Husten beruhigte. »Ich hör lieber mal auf, mein Lämmchen. Kuss, gute Nacht!« Als wäre sie wieder klein.

»Kuss, gute Nacht!«, sagte Megan und fühlte sich dabei wieder ganz, ganz klein.

Sie wartete, bis er aufgelegt hatte.

Es hatte keinen Sinn, ihm die Laune zu verderben. Am besten sagte sie nichts davon, dass ihre Haare vielleicht ausfallen würden, dass sie eines Tages vielleicht so eine Glatze haben würde wie Jackson.

DREI

Die Guten gegen die Bösen. Chemo gegen Krebs. Und das alles passierte in ihren Venen und Arterien, alles stürmte los zu dieser Stelle in ihrem Kopf, an der etwas schiefgelaufen war. Megan fragte sich, ob die Guten die Bösen wirklich immer besiegten, so wie im Film oder im Märchen.

Es war spät, es war dunkel. Sie sollte eigentlich schlafen. Stattdessen lag sie da und hörte dem Krankenhaus zu, den Geräuschen der Station, den Klängen von draußen, dem Baby, das seit Stunden immer wieder weinte und verstummte, irgendwo in einem Zimmer am Ende des Flurs.

In der Nacht war alles ganz anders.

Ihre Tür stand halb offen. Megan wollte nicht von allem abgetrennt sein, was geschah. Ihr war es lieber, dieser bleiche Lichtkeil konnte eindringen und die Dunkelheit abmildern.

Die Krankenschwestern redeten in gedämpftem Tonfall, aber weil keine Alltagsgeräusche ihre Stimmen überlagerten, klang es immer noch so, als würden sie laut rufen. Es war kaum jemand unterwegs, keine Trolleys, keine Rollstühle, keine Kleinkinder auf der Flucht.

Unablässig klingelte das Telefon.

Merkwürdig schlurfende Schritte vor ihrer Zimmertür schreckten sie auf. Megan richtete sich im Bett auf, um zu sehen, wer da kam. Eine Mutter in Hausschuhen und Morgenmantel trottete müde den Flur entlang. Eine halbe Stunde später näherten sich die Schritte von der anderen Seite. Vor Megans Tür zögerten sie.

Die Frau warf einen Blick in ihr Zimmer. »Alles klar bei dir, Liebes? Brauchst du eine Schwester oder so was?«

Ihre Stimme klang so freundlich, dass Megan schlucken musste. Plötzlich fühlte sie sich einsamer als je zuvor.

»Nein, danke schön.«

»Deine erste Nacht auf der Station, oder?«

»Ja.«

»Keine Sorge, du kommst schon klar. Soll ich dir eine Tasse Kakao oder so was holen oder dir helfen, selbst rüberzugehen? Ich habe gerade eine Tasse getrunken. Solche Orte sind nicht zum Einschlafen geeignet.« Sie lachte, aber es klang angespannt.

»Ich brauche nichts«, sagte Megan. »Danke schön.«

»Hering ist meine Tochter, übrigens.« Die Frau verstummte, als wollte sie noch etwas sagen, aber überlegte es sich anders. »Na dann, Liebes, schlaf schön.«

»Entschuldigung!«, rief Megan hinter ihr her.

»Ja, Liebes?«

»Hering ist doch nicht ihr richtiger Name.«

Wieder ein kurzes Schweigen. »Nein, aber so nennt sie sich. Seit sie die Krankheit hat. Frag mich nicht, warum. Und ich darf niemandem ihren richtigen Namen verraten.«

»Finde ich gut.« Megan fragte sich, ob alles leichter wurde, wenn man sich selbst einen anderen Namen gab.

»Nun ja. Sie will es so, solange sie hier festsitzt. Gut. Jetzt lass ich dich aber mal schlafen. Wenn du kannst. Nacht. Liebes.«

Und sie verschwand, ihre Schritte entfernten sich, bis sie auf dem Flur nur noch leise flüsterten.

Als sie das Geräusch hörte, schüttelte Megan ungläubig den Kopf. Eine Katze? Draußen? Sie befanden sich in der obersten Etage des Krankenhauses, was also tat das Tier so weit oben? Ihr kam ein schrecklicher Gedanke. Vielleicht war die Katze an der Wand hochgeklettert und saß nun auf einem Fenstersims und konnte sich vor Angst nicht mehr rühren. Vielleicht musste sie gerettet werden. Megan schlüpfte aus dem Bett, aber irgendetwas ziepte heftig an ihrer Haut.

»Aua – Mistding.« Megan schnappte ihren Tropfständer und glättete den Verband, der alles am Platz hielt. Es war nichts verrutscht, der Zugang war immer noch dran, nur das Pflaster hatte sich ein bisschen gehoben. »Wie konnte ich dich bloß vergessen.«

Sie zog vorsichtig die Vorhänge zurück und sah nach draußen. Sie wollte die Katze, die aus irgendwelchen merkwürdigen Umständen heraus auf ihrem Fenstersims gelandet sein konnte, nicht erschrecken.

Da war keine Katze. Wie sollte das auch möglich sein?

Megan sah in den dunstigen, schwarzen Himmel. Da waren keine Sterne, nur der schwache Hauch von Wolken in tieferem Schwarz, die wie Müll über den Himmel verstreut waren. Wenn sie nach unten sah, konnte sie merkwürdige Formen erkennen, die im künstlichen Licht beinahe düster wirkten – hauchdünne Röcke aus Licht, die in die Dunkelheit herabfielen.

Es waren die Dächer der alten Gemäuer mit ihren alten Schornsteinen und Essen, Dachrinnen und Rohren, der älteste Teil des Krankenhauses. Da unten konnten jede Menge Katzen leben.

Sie waren bei Tageslicht an diesen Gebäuden vorbeigegangen, sie und Mam und Dad, an jenem Tag, an dem man ihr gesagt hatte, sie habe Krebs. Damals wirkten sie ganz gewöhnlich. Rote Ziegelsteinmauern. Graue Schieferdächer. Schornsteine. Türmchen.

Aus kleinen Grasflächen wuchsen Bäume empor, und Holzbänke luden die Menschen ein, sich in die Sonne zu setzen. Megan hatte einige Patienten in ihren Morgenmänteln gesehen, die genau das taten.

Und sie rauchten, einige von ihnen jedenfalls. Megan fand das ziemlich dämlich – kranke Leute, die rauchten.

Als sie das zweite Mal ins Krankenhaus kam, hatte sie das alles nicht beachtet. Sie steuerte einfach auf das St.-Peregrinus-Hospital zu, das nach dem Schutzheiligen der Krebspatienten benannt war. Das stand jedenfalls in der Broschüre.

Der Flügel war fünf Stockwerke hoch, ein schimmernder, glasverkleideter Turm, der neben der alten Ambulanz errichtet worden war. Seine Fenster glänzten in der Sonne. Man konnte nicht hineinsehen.

Als sie jetzt an ihrem Fenster stand, dachte Megan an Rapunzel. Sie hatten in der Schule einmal ein Theaterstück über Rapunzel aufgeführt, eine bearbeitete Fassung mit hohem Anspruch, wie ihr Theaterlehrer erklärte. Es gab immer noch einen Turm – eine Kulisse aus einem Baugerüst –, von dem Rapunzel, Rapunzel ihr Haar herunterlassen musste. Es gab immer noch einen Prinzen, der sie retten sollte. Megan war hinter den Kulissen aktiv gewesen. Das Haar musste von ganz oben bis zum Boden reichen. Sie hatten es aus gelber Wolle angefertigt. Hunderte von Wollsträhnen, jede zweimal so lang wie ein Mensch, und alles zu einer Perücke zusammengefügt, für das Mädchen, das die Hauptrolle spielte. Megan fuhr sich mit der Hand durch ihr eigenes Haar und fragte sich, wie lange es überdauern würde und ob sie wohl jemals in der Lage sein würde, es von einem hohen Turm herunterzulassen.

»Was machst du da?«

Megan riss die Vorhänge zu. Sie schämte sich, dass sie an Märchen dachte, an Katzen, fünf Stockwerke über dem Boden.

»Nichts.«

Jacksons Silhouette zeichnete sich gegen das Licht im Türrahmen ab.

»Du wolltest doch nicht rausklettern, oder? Es ist einfacher, durch die Tür zu gehen und dann den Lift zu nehmen. So mache ich das jedenfalls. Ich kann dir den Türcode verraten.«

Megan ärgerte sich über seinen spöttischen Tonfall. Jackson, der über alles so genau Bescheid wusste. Aber über sie wusste er nicht das Geringste und er würde nie etwas erfahren.

»Ich wollte nicht rausklettern.«

»Gut. Darf ich reinkommen?« Er stand schon im Zimmer. »Wenn ich da draußen rumstehe, erwischen sie mich.«

Sie sollten ihn ruhig erwischen, ihn in sein Zimmer sperren, damit er nicht anderen Leuten auf die Nerven gehen konnte. »Soll ich die Tür zumachen?«

»Nein.«

»Wie du willst. Also, was hast du denn gerade gemacht?«

»Bist du immer so neugierig?« Es war eine dieser Fragen, auf die man keine Antwort erwartet. »Ich habe eine Katze gehört. Zumindest glaube ich, dass es eine Katze war.« Das klang ziemlich dämlich. Sie rechnete damit, dass er sie auslachen würde.

»Das war bestimmt Mr Henry. Das ist unser Kater hier.«

»Haha.«

»Der hält die Ratten im Zaum.« Jackson setzte sich auf den Stuhl, ohne ihre Einladung abzuwarten. Ein sanftes Seufzen erklang, als er ins Polster sank. »Hier werden die so groß wie Hunde.«

»So groß wie Hunde? Nie im Leben.« Trotzdem warf Megan noch einen vorsichtigen Blick zum Fenster und kletterte zurück auf ihr Bett. Ihre Zehen kribbelten bei dem Gedanken.

»Wir sind immer nur ein paar Meter von der nächsten Ratte entfernt, weißt du? Nur ein paar Meter, und zwar jeder von uns, egal wo auf der Welt.«

Im dunklen Zimmer erkannte sie nur eine feste, gesichtslose Form, allerdings eine Form, die sich ununterbrochen bewegte. Jacksons Füße rutschten über den Boden, seine Finger trommelten auf den Stuhllehnen, als bestünde er vollständig aus eng gewundenen Sprungfedern oder hätte eine ganze Badewanne voller Zusatzstoffe und Geschmacksverstärker geschluckt.

»Aber wir sind hier im fünften Stock«, erinnerte ihn Megan.

»Na ja – vielleicht gilt die Regel gerade für uns hier nicht.« Jackson lachte ein bisschen. »Aber unten, unter unseren Füßen, nagen sie an sämtlichen Rohren und Wänden herum. Sie fressen alles. Eines Tages bricht der ganze Bau hier einfach zusammen wie ein alter Bergwerksschacht, und dann stehen sie da und klatschen begeistert in ihre kleinen Händchen und freuen sich schon darauf, an unseren Knochen zu knabbern. Natürlich haben sie keine Hände. Nicht wirklich. Sie haben …«

»Du bist total verrückt, weißt du das?«

Wieder lachte Jackson, dann schwieg er. Nur das Trommeln seiner Fingerspitzen auf dem Holz der Lehne war zu hören.

»Mr Henry wohnt in diesem Krankenhaus, seit es gebaut wurde.«

»Ja und?«

»Seit der alte Teil des Krankenhauses gebaut wurde … und du weißt, was das bedeutet …« Seine Worte wurden zum Flüstern, langsam, bedrohlich.

»Nein, aber du erklärst es mir ja sowieso.« Megan versuchte, seine Gesichtszüge im Dunkeln zu erkennen, aber sie sah nur seine glänzenden Augen. Sie gähnte demonstrativ, kletterte aufs Bett und zog die Decke bis zum Kinn.

»Na ja … der Altbau muss Jahrhunderte alt sein …«

»Ich hör gar nicht zu«, sagte Megan. Sie war plötzlich sehr müde. »Ist mir jetzt egal. Wenn Mr Henry schon so lange hier herumgeistert, kann er auch noch mal einen Tag warten. Du kannst Becky und Laura ja sagen, dass du eine nette kleine Gespenstergeschichte mit Katze für sie hast – du könntest sie ›Der gruuuuuuselige Mister Henry‹ nennen.«

Jackson rückte auf seinem Stuhl nach vorne. »Das ist die Chemo«, sagte er.

»Was ist die Chemo?«

»Dass du so garstig zu jedem bist, der sich um dich bemüht. Dass du über Sachen lachst, die du ernst nehmen solltest.«

»Wie zum Beispiel eine Geisterkatze. Ja, klar.«

Jackson antwortete nicht.

Ha! Jetzt hatte sie ihn endlich erwischt. Megan wünschte, sie könnte seinen Gesichtsausdruck sehen, aber im gleichen Moment war sie erleichtert, dass es dunkel war. Vielleicht glaubte er ja an so was. Vielleicht hatte sie ihn gekränkt. Nein. Ihn doch nicht. Es war doch alles nur ein Witz, oder? Irgendein Blödsinn.

Aber das Schweigen stand wie eine Wand zwischen ihr und Jackson.

Jemand drückte vorsichtig die Tür auf. Einen Moment lang stand die Krankenschwester nur da, aber dann knipste sie das Licht an. Im Zimmer war es blendend hell. Megan musste eine Sekunde lang die Augen zusammenkneifen.

»So, hier steckst du also, Jackson«, sagte die Schwester. Sie war klein, hatte etwas Mäuseartiges an sich, und ihr Blick wirkte gehetzt, als wäre jemand oder etwas hinter ihr her, Mr Henry zum Beispiel. Bei diesem Gedanken hätte Megan beinahe gelächelt. Sie saugte die Wangen ein, biss sich auf die Unterlippe.

»Ich habe dich überall gesucht. Es ist sehr spät. Du müsstest in deinem eigenen Zimmer sein, nicht auf den Fluren herumgeistern. Du bist ein schlechtes Vorbild für die Kleinen.«

»Ich habe ihr nur Gesellschaft geleistet. Sie ist neu hier, wissen Sie«, sagte Jackson, als wäre das alles nur ein Spiel.

»Ich habe ihn nicht drum gebeten. Er ist einfach hier aufgekreuzt«, sagte Megan. »Das macht er die ganze Zeit.«

»Ja, weiß ich«, antwortete die Schwester mit messerscharfer Stimme. »Ruf einfach jemanden von uns, wenn er dich belästigt. Dafür sind diese Dinger da.« Sie zeigte auf den Klingelknopf neben dem Bett. »Also, nächstes Mal weißt du Bescheid. Und was dich angeht, Jackson, wenn du in fünf Minuten noch hier bist, dann kriegst du einen Vermerk und es gibt Ärger. Dann markieren wir dich mit einem Anstecker oder so etwas, und es ist aus mit deinen Spaziergängen. Womöglich sind wir sogar gezwungen, dich ans Bett zu fesseln.« Ihr Mund verzog sich zu einer Art Lächeln.

Jackson erhob sich. »Schon gut, ich gehe.«

»Das würde ich dir auch raten.« Unter lautem Schlüsselgeklapper und mit quietschenden Schuhsohlen verschwand die Schwester.

»Na, herzlichen Dank, Jackson. Jetzt haben wir beide Ärger.«

Er war schon an der Tür. »Beachte sie gar nicht. Sie hackt immer auf mir herum.« Na, so eine Überraschung! »Soll ich das Licht ausmachen? Oder hast du jetzt wegen mir Angst vor Ratten und Katzen und irgendwelchen Wesen, die nachts über dich hinwegkrabbeln könnten?« Da war er wieder, dieser Unterton in seiner Stimme.

Megan schüttelte den Kopf. »Nein auf beide Fragen.«

»Also, bis dann.« Jackson ging, sein Umriss verschmolz mit dem Schatten im Flur. Megan sah ihm nach. Sie versuchte, normal Luft zu holen, aber ihr Atem kam in kurzen, hektischen Stößen, als wäre sie ein Rennen gelaufen, als hätte Jackson sie durch seine pure Anwesenheit vollkommen ausgelaugt.

Als sie sicher war, dass er nicht mehr zurückkommen würde, legte sich Megan in die Kissen zurück, aber es war nicht gemütlich. Schließlich boxte sie in ihr Kopfkissen, das überrascht keuchte, dann legte sie sich wieder hin und starrte auf die Decke, von der aus das Licht ihr kalt entgegenschimmerte. Irgendwo da draußen auf der Station fing das Baby wieder an zu weinen, es blökte wie ein verlassenes Lamm.

VIER

Der Schlaf kam abschnittsweise, wie eine Reihe kurzer Flöße, die an ihr vorbeitrieben. Von Zeit zu Zeit kletterte Megan auf eines dieser Flöße und richtete es sich darauf ein. Aber immer wenn sich ihr Körper allmählich entspannte, sich alles endlich gemütlich anfühlte, gab es irgendeine Störung … ein Ziehen an ihrem Tropf, ein Geräusch von draußen, oder ihre Gedanken überstürzten sich, und schon entglitt ihr das Floß und trieb unter ihr davon.

Als dann der Morgen kam, begleitet von der ihm eigenen Geräuschkulisse – das Rumpeln des Medizinschränkchens, das Klappern der Frühstücksteller, die zunehmende Geschäftigkeit um sie herum –, war es beinahe eine Erleichterung, gar nicht mehr an Schlaf denken zu müssen.

Megan stieg aus dem Bett und putzte sich die Zähne, aber diese einfache Aufgabe ermüdete sie so, dass sie sich nicht vorstellen konnte, jetzt mit diesem dämlichen Tropf im Schlepptau zu duschen oder sich anzuziehen. Sie sah in den Spiegel und erschrak, weil sie so blass aussah und weil sie so dunkle Ringe unter den Augen hatte, als hätte jemand versucht, sie mit einem schmutzigen alten Radiergummi auszuradieren. Und ihre Lippen waren so trocken. Wo hatte sie ihr Vaselinedöschen hingepackt?

Als Jackson auftauchte, sah er blendend aus, als könnte ihm nichts etwas anhaben.

»Sie haben dich also nicht ans Bett gefesselt? Dich nicht mit einem Anstecker markiert?«, sagte Megan, während sie wieder ins Bett schlüpfte. Es fühlte sich jetzt wesentlich einladender an als in der letzten Nacht.

»Quatsch. Sie brauchen doch jemanden, über den sie meckern können.« Er grinste. »Und, hat sich die Katze gezeigt?«

»Nein.« Megan gähnte. Sie glaubte nicht daran, dass es jemals eine Katze gegeben hatte, so einen Mr Henry aus dem Jahre achtzehnhundertsoundso ... Sie hatte sich alles eingebildet, das war's. Vielleicht lag es an der Chemo, dass sie Geräusche hörte, die es gar nicht gab.

Jackson ließ sich in ihrem Zimmer nieder, als wäre er der Besitzer. Wenn er sich einbildete, er könnte einfach jedes Mal auftauchen, wenn es ihm einfiel, dann würde er demnächst etwas erleben. Und überhaupt, wie konnte er bloß dauernd so ... so fröhlich sein, so voller Energie?

Vom Flur her erklang ein merkwürdiges Geräusch, so etwas wie ein großer, aber gedämpfter Föhn. Es kam immer näher.

»Was ist das?«

»Die Bohnermaschine«, erklärte Jackson. »Die polieren damit die Böden. Da ist so eine Bürste dran, die sich ständig dreht. Wie bei einer Kehrmaschine auf der Straße. Leider darf ich sie nicht ausprobieren, aber ich weiß, wo sie aufbewahrt wird. Ich brauche nur den Code, mit dem die Tür aufgeht ...«

Hätte sie doch besser nicht gefragt!

»Soll ich lieber gehen?« Jackson lächelte sie an. »Ich rede auch nicht so viel, nichts über Katzen oder Ratten. Versprochen. Wenn deine Freunde auftauchen, bin ich sofort weg. Aber solange du wartest … kann ich hierbleiben?«

Megan wollte etwas sagen, aber Jackson fuhr einfach fort: »Was hast du sonst noch vor? Die Wände anstarren?«

»Zeichnen. Ich zeichne gern. Menschen.« Megan schaute auf ihre Hände. Sie hatte Angst, er könnte doch recht haben, was ihre Freunde anging. Vielleicht würden sie wirklich nicht kommen. Aber es war ja erst der zweite Tag. Es war noch Zeit. Und Gemma simste dauernd, schickte ganze Reihen von Smileys als Reaktion auf Megans Gejammer. Die Zwillinge fragten nach, ob sie auf der Station irgendeinen süßen Typen entdeckt habe.

»Um zu zeichnen, braucht man Ruhe und Frieden«, Megan bedachte ihn mit einem vielsagenden Blick. »Ich jedenfalls.« Ihr Skizzenbuch, ein Geschenk von Opa, war noch leer, die neuen Bleistifte unbenutzt, immer noch im Päckchen, aber das musste ER ja nicht wissen.

»Ich habe jetzt mindestens fünf Sekunden lang nichts gesagt«, stellte Jackson fest. »Ich möchte gerne alles über dich wissen. Oder ich kann dir alles über mich erzählen. Meine Mutter hast du ja schon kennengelernt.« Er verzog das Gesicht. »Und ich habe deine kennengelernt. Aber wahrscheinlich kommen da noch einige Leute dazu.« Jackson verzog wieder das Gesicht. »Ich habe Hunderte von Verwandten.«

Megan dachte an ihre eigene Familie. Was gab es zu erzählen? Sie war ganz klein. Alle hatten spät geheiratet, mehr wusste sie nicht. Es war so, als hätten sie den Bus zuerst verpasst und dann den nächsten oder übernächsten erwischt. Großvater war schon über fünfzig, als ihre Mutter geboren wurde, über achtzig, als sie selbst zur Welt kam. Dad hatte einen Bruder, und der hatte eine Frau und einen Sohn. Ihre komplette Familie ließ sich in einem Haus unterbringen, und dann war immer noch reichlich Platz.

»Wir müssen überhaupt nicht miteinander reden, wenn du nicht willst«, sagte Jackson. Er spielte mit seinen Daumen, rückte auf dem Stuhl hin und her und grinste wie ein Verrückter. »Ich bleibe einfach hier sitzen und stelle mir vor, wie es ist, wenn ich hier wieder rauskomme. Beachte mich gar nicht. Du musst darüber kein Wort verlieren.« Er zog sich den Hut ins Gesicht und streckte sich auf dem Stuhl aus, als würde er jeden Moment einschlafen, so wie ein Papagei, wenn man ein Tuch über seinen Käfig hängt. »Ich warte jetzt, bis DU etwas sagst.« Unter der Hutkrempe hervor beobachtete er Megan. Er grinste immer noch, tappte mit dem Fuß, als würde er Musik hören.

»Jackson! Sitzt du eigentlich nie still?«

»Ich? Nein.« Jackson lächelte. »Es ist die Musik, weißt du? Es heißt, ich schlage nach meinem Urgroßvater.« Er gab seinem Hut einen kleinen Schubs. »Soll ich dir vielleicht etwas über ihn erzählen?«

»Nein.«

»Das hier ist sein Hut.«

Megan stieß einen übertriebenen Seufzer aus.

Jackson zog sich den Hut wieder tiefer ins Gesicht, aber Jacksons ganzer Körper pulsierte, als würde der Rhythmus direkt durch seine Adern laufen, wie die Chemotherapie.

»Also gut!« Megan verschränkte die Arme und weigerte sich, ihm weiter zuzusehen. Er war so … sie verdrehte die Augen – ja, was war er denn genau?

»Wo wohnst du? Das kannst du mir erzählen.«

Jackson schüttelte den Kopf. »Nee. Zu spät. Du hast deine Chance gehabt und vertan.«

Durch die offene Zimmertür drang ein Geräusch, ein helles Gekicher, deprimierend vertraut.

»Hallo«, sagte Megan mit matter Stimme.

Zwei Köpfe tauchten auf. »Wir suchen Jackson!«

Das Mädchen namens Laura sprach zuerst. Becky, ihre Freundin, stieß sie in die Seite, als würde Jackson ihr allein gehören, als hätte nur sie allein das Recht, sich nach ihm zu erkundigen, weil es ja schließlich ihr Bruder war, den sie hier besuchten.

»Ja«, fügte Becky hinzu. »Wir müssen ihn was fragen. Was ganz Wichtiges.«

»Er ist hier«, antwortete Megan. Ein erneuter Kicheranfall folgte.

»In ihrem Zimmer?«, quiekte eine verwunderte Stimme.

Die beiden Mädchen schoben sich langsam durch die Tür. Beide trugen Jeans und T-Shirts, hatten glitzernde Spangen im Haar und blinkende Turnschuhe an den Füßen. Man hätte sie eher für Schwestern halten können als für Freundinnen, von der gleichen Mutter angezogen, aus demselben Kleiderschrank. Jede von ihnen trug einen Rucksack, die eine in Quietschrosa, die andere in Puderblau. Megan musste unwillkürlich lächeln. War sie jemals auch so gewesen wie diese Mädchen? Sie warf Jackson einen Blick zu, als wollte sie sagen: »Kümmer du dich um sie«, und machte sich auf die Suche nach ihrer Vaselinedose. Sie öffnete die schmale Seitentür ihres Spinds und fand das Döschen. Sie nahm es heraus, schraubte es auf und fing an, sich die Lippen einzucremen.

Jackson drehte sich in seiner lässigen Art mit dem Stuhl zu den Mädchen um. »Hi, ihr zwei! Na, kommst du deinen Bruder besuchen, Becky?«

»Ja.«

»Das ist gut. Wie geht es ihm denn?«

Etwas blitzte im Gesicht des Mädchens auf, ein Moment des Zweifels, der Unentschlossenheit. Vielleicht wusste sie es gar nicht genau.

»Er kommt wahrscheinlich bald nach Hause. Morgen vielleicht.«

Laura verdrehte die Augen. »Sie sagt immer morgen, und dann kommt er nie nach Hause.«

Becky sah sie böse an.

»Und freut er sich schon darauf, dass du ihn besuchst?«, fragte Jackson.

Becky nickte und warf Laura einen vielsagenden Blick zu. Offenbar kamen die beiden zu einem stummen Einverständnis, denn sie wandten sich Jackson zu und fragten im Chor: »Gehst du jetzt mit der?« Sie sahen bedeutungsvoll auf Megan. Sie fühlte, wie sie errötete.

»Hey, Mädels!« Jacksons Stimme war ernst. Sie sahen ihn fragend an. »Sie heißt Megan. Sagt mal Guten Tag.«

»Tag, Megan«, zwitscherten die beiden gehorsam, dann wandten sie sich wieder Jackson zu und starrten ihn an. Megan ertappte sich dabei, dass sie ihn selbst auch ansehen musste, wie sie sein wohlgeformtes Profil betrachtete, seine langen Wimpern, seine vollen Lippen – alles an ihm erinnerte an eine Skulptur, allerdings an eine, die umhergehen konnte, sprechen, lächeln.

»Und ich kenne Megan kaum«, fuhr Jackson fort. »Schließlich ist sie erst seit gestern hier, und ihr wollt doch nicht, dass ich hier etwas überstürze, oder?« Die Mädchen sonnten sich in seiner Aufmerksamkeit. Mit aufgerissenen Eulenaugen standen sie im Türrahmen. »Allerdings könntest du jetzt mal überstürzt zu deinem Bruder eilen, Becky. Der schon seit einer Ewigkeit darauf wartet, seine Lieblingsschwester zu sehen.«

Wieder tauschten die Mädchen einen Blick, in dem zu lesen war: Ja, wir sollten jetzt gehen. Zögernd wandten sie sich um. Aber offenbar hatten sie noch ein Anliegen.

»Mach noch mal deine Monstergrimasse, Jackson«, sagte Becky. »Laura hat sie noch gar nicht gesehen.«

Jackson schüttelte den Kopf.

»Bittebittebitte!«, bettelte Laura.

»Monster, Monster, Monster!«, riefen beide im Chor.

Megan gab sich Mühe, nicht zu lachen.

»Okay, aber danach müsst ihr gehen«, bestimmte Jackson. »Macht die Augen zu.« Die Mädchen schlossen die Augen. Jackson schenkte Megan ein breites Lächeln, dann verzog er sein Gesicht zu einer grotesken Monstergrimasse.« »Auuuuuugen auuuuuf, ihr Mädchen …«

Becky und Laura taten, was er sagte, und kreischten. Sie schlugen die Hände vors Gesicht, verbargen ihre Augen, spähten nur durch die Lücken zwischen ihren Fingern. Die Grimasse entspannte sich und Jackson war wieder er selbst. Das Kreischen brach ab, stattdessen brachen die Mädchen in Gelächter aus.

»Jetzt ab mit euch«, kommandierte Jackson grinsend. »Los. Husch husch.«

»Bis später, Jackson. Tschüs, Megan!« Und sie sausten in einer Wolke aus Gekicher davon.

Megan schraubte den Deckel auf ihre Vaselinedose, steckte sie wieder in den Spind und räumte dabei gleich ein bisschen auf. Sie war entschlossen, Jackson nicht anzusehen. Offenbar genoss er es, im Zentrum der Aufmerksamkeit zu stehen. Sie würde sich vor ihm bestimmt nicht so dämlich aufführen wie alle anderen hier.

»Und … jetzt?« Wieder dieses Grinsen in seiner Stimme.

Wieso musste er immer so klingen, als würde er sie auslachen?

»Das ist wohl dein kleiner privater Fanclub.« Megan räumte weiter auf. »Du solltest Anstecknadeln verteilen. Teetassen mit deinem Bild drauf. Mützen. Du könntest das alles verkaufen.«

Jackson wühlte in seinen Taschen herum, dann zuckte er mit den Achseln. »Ich dachte, ich hätte hier noch ein paar Anstecker. Ich hätte dir einen geschenkt, wo wir doch jetzt fast miteinander gehen und so.« Seine Augen waren riesig, glänzend. Megan versuchte, ihn nicht mehr anzusehen. Ihre Wangen glühten. »Ich meine, warte noch ein paar Tage, und wir sind verlobt, jedenfalls wenn es nach Laura und Becky geht.«

Megan starrte ihn an. Ihr ganzer Körper schien zu glühen.

»Sehr witzig, Jackson. So witzig, ich könnte mich kaputtlachen.« Aber Megan konnte nicht lachen, selbst wenn sie es gewollt hätte. Eine Welle von Müdigkeit überwältigte sie. Sie schloss die Augen. Wenn es Jackson gefiel, Held einer Fantasiegeschichte von zwei kleinen Mädchen zu sein, dann bitte schön. Sie würde da jedenfalls nicht mitspielen. Und wenn sie die Augen geschlossen hielt, verstand er den Wink vielleicht.

»Alles klar, Schlafmütze. Ich gehe.«

»Okay«, murmelte Megan.

»Bin schon weg.«

Sie hielt die Augen weiterhin geschlossen. »Das sagst du die ganze Zeit.«

»Übrigens …«

Warum hatte sie nichts griffbereit, was sie nach ihm werfen konnte? Am besten etwas Scharfkantiges oder Schweres. Das wäre gut gewesen. Allerdings hätte sie in diesem Moment gar nicht die Kraft gehabt, irgendetwas zu werfen, selbst wenn die Geschosse in Griffweite gestanden hätten.

»Was?«

»Vaseline.« Jackson beugte sich vor und berührte ihren Mund, so sanft, als wäre er etwas ganz Empfindliches, etwas, das zerbrechen konnte. Er tupfte auf ihre Unterlippe, wirkte so konzentriert, als wäre das die wichtigste Aufgabe überhaupt. »Du hast da einen Rest übersehen«, erklärte er.

Megan konnte nicht sprechen. Er war ihr so nah, dass sie kein Wort sagen konnte, so nah, dass sie kaum zu atmen wagte. Diesen kurzen Moment lang schien die Welt innezuhalten, ihre Welt, auf der Station, im Krankenhaus, alles verharrte und wagte nicht, sich zu rühren, denn andernfalls würde dieser Augenblick einfach vergehen.

Endlich trafen sich ihre Blicke. In Jacksons Augen lag kein Lächeln, keine Ironie, nur das gegenüberliegende Fenster, sein Umriss spiegelte sich in jedem seiner beiden Augen, eine perfekte Reflexion des blassen Tageslichts.

FÜNF

Es war ein sinnloses Spiel, eines, das man spielen konnte, wenn man in einem Krankenhausbett lag, nicht eins, das Gemma oder den Zwillingen Spaß machen würde. Es war nicht wie Fußball mit all seinen Regeln und Zeitvorgaben oder so etwas wie im Einkaufszentrum nach Jungs Ausschau halten. Es gab keine Gewinner und keine Verlierer. Es war mehr so etwas wie eine Patience, ein Kartenspiel, das Großvater manchmal für sich alleine spielte.

Es bestand lediglich darin, dass man die Augen schloss und lauschte, anhand der Schritte herauszufinden versuchte, wer gerade an der Tür vorbeiging, oder dass man erriet, wer da draußen lachte oder redete. Man konnte nicht schummeln, indem man die Augen öffnete. Das hätte natürlich auch keiner gemerkt. Man konnte das Spiel so kompliziert oder so einfach gestalten, wie man gerade wollte, je nachdem, wie viel Zeit man hatte oder wie schlecht man sich in diesem Moment fühlte und ob man sich sehr langweilte.

Es war einfach zu viel Zeit vorhanden.

Sie langweilte sich fast immer.

Und jetzt war ihr schlecht.

Schwester Brewsters Schuhe quietschten. Megan hatte das genau erforscht. Siobhans Schuhe machten so ein klackerndes

Geräusch. Das lag wahrscheinlich an den Absätzen. Der Facharzt für Krebserkrankungen, Froschmann, zog die Füße nach, als könne er sie nicht richtig heben oder als gefiele ihm das Geräusch, das sie machten, als gefiele es ihm, dass jeder wusste, wer da gerade vorbeikam. Oder vielleicht hatte er einen zu schweren Beruf. Vielleicht wurden davon auch seine Schuhe schwerer.

Er besaß ein dröhnendes Lachen, das er sich offenbar für die Station aufgehoben hatte oder vielleicht nur für die Kleinen. Man konnte ihn immer hören. Als wäre alles nur ein Scherz. Als wäre nicht die ganze Station voller Krebspatienten, die versuchten, dem »Schlimmeren zu entgehen«.

Das Schlimmere.

Die letzte Frage, die Megan gestellt hatte, als der Arzt ihr mitgeteilt hatte, sie habe Krebs, war: Was ist, wenn ich Nein sage, wenn ich einfach nicht ins Krankenhaus gehe? Mam und Dad hatten sie angesehen, als habe sie sich gerade vor der Warteschlange am Bus nackt ausgezogen.

»Na ja, Megan«, hatte Froschmann gesagt, »das ist schon eine schlimme Sache. Eine wichtige Sache. Der Krebs, die Behandlung. Wenn du die Behandlung ablehnst und den Krebs nicht bekämpfst, kannst du daran sterben. Und das ist letzten Endes das Schlimmere.« Er hatte seine Hände zu einem Zelt zusammengelegt, die Daumen umeinandergedreht. »Es geht darum, dir dabei zu helfen, dass du dem Schlimmeren entgehst.«

Da hatte Mam geweint. Sie hatte sich offenbar große Mühe gegeben, nicht vor Megan die Fassung zu verlieren und alles noch viel furchtbarer erscheinen zu lassen, als es war, aber nachdem Froschmann die Situation so schonungslos zusammengefasst hatte, war sie wohl der Ansicht, es könnte nicht mehr schlimmer werden.

Dad saß einfach da wie ein weißes Blatt Papier, das an einem schwarzen Brett klemmte.

Megan wusste, dass sie verloren hatte.

Es fühlte sich an wie ein Besuch im Vergnügungspark, wenn man seinen letzten Penny in diesen dämlichen Spielautomaten steckte, obwohl man genau wusste, dass der schönste Preis niemals ganz nach vorne geschoben würde. Den allerletzten Penny. Und man wünschte so, man hätte noch mehr Pennys, die man einwerfen könnte, um an den Preis zu gelangen. Aber an dieser Stelle hört man dann auf, weil alles andere völliger Unsinn war. Man musste wissen, wann man verloren hatte. Im Vergnügungspark und in der Praxis eines Onkologen.

»Also gut«, hatte sie gesagt und dem Froschmann in die Augen gesehen. Sie hatte sich große Mühe gegeben, nicht zu weinen oder zu zittern, der Sache ins Gesicht zu sehen, wie Großvater zu sagen pflegte.

Schwester Brewster kam den Flur herunter. Sie redete auf Jackson ein, in diesem barschen Tonfall, wie eine Lehrerin mit einem ungezogenen Schüler. Das kam offenbar häufig vor. Er geriet immer in Schwierigkeiten und wurde dann prompt erwischt. Was bedeutete, dass er kein besonders begabter Rebell war. Aus irgendeinem Grund musste Megan lächeln, wenn sie daran dachte, obwohl sie sich absolut mies fühlte.

Die hatten nicht gelogen, als sie ihr angekündigt hatten, sie würde sich während der Chemo vielleicht nicht besonders gut fühlen.

»Also, hier klingelt das Telefon, und man berichtet mir, du bist ganz unten in der Nähe der Röntgenabteilung. Verbessere mich, wenn ich mich irre, aber soweit ich weiß, war für dich heute Nachmittag keine Röntgenuntersuchung angesetzt, oder?«

»Nicht so richtig.«

»Nicht so richtig. Soweit ich weiß, ist für dich überhaupt keine Röntgenuntersuchung angesetzt.« Es folgte eine Schweigepause. Vermutlich bedachte Schwester Brewster Jackson gerade mit einem ihrer vernichtenden Blicke. »Jackson, du weißt, wie wichtig es für uns ist, wenigstens einen blassen Schimmer zu haben, wo du gerade steckst. Ich habe Hering auch schon dabei erwischt, wie sie sich aus der Station schleichen wollte. Du weißt, dass sie dich mit Adleraugen beobachtet.«

Manchmal wünschte Megan, sie könnte aus der Station flüchten. Notfalls auch mit Jackson, selbst wenn das bedeutete, dass sie nicht wusste, wohin, und ihm einfach nachlaufen musste.

Aber Jackson unternahm seine Ausflüge offenbar lieber ganz allein. Megan war nie klar, ob er gerade auf der Station war oder zu Hause oder ob er irgendwo im Krankenhaus herumwanderte. Einerseits plapperte er ständig, andererseits erzählte er nicht wirklich viel.

»Jemand hat doch hier oben angerufen und gesagt, wo ich stecke«, sagte Jackson jetzt zu Schwester Brewster. »Die ganze Aufregung ist doch nicht nötig. Es ist ja nicht so, dass ich auf den 47er-Bus aufgesprungen wäre oder so etwas …«

»Jackson?«

Jetzt stand er wahrscheinlich einfach da, ließ alles über sich ergehen, als genieße er es, sich Ärger einzuhandeln. Sie waren jetzt an ihrer Tür vorbei, ihre Stimmen nicht mehr so deutlich.

Kein Wunder, dass Jackson flüchten wollte, Tapetenwechsel brauchte, kein Wunder, dass er Ausflüge machte. Dieses Krankenhaus, dieses Zimmer, diese Wände und Flure waren alles, mehr gab es nicht, genau, wie er es gesagt hatte.

Die Kleinen hatten wenigstens ihr Spielzimmer. Sie hatten sogar eine Betreuerin, die sie mit Spielsachen und Farben und Ton beschäftige. Es gab Fingerpuppen und eine Truhe mit Kostümen zum Verkleiden. Wenn man klein war, konnte man Doktor spielen oder Krankenschwester und seiner Puppe eine Spritze geben.

Siobhan sagte, dass man damit den Kindern ein Gefühl der Normalität vermitteln wollte. Sie sollten nicht an schlimme Sachen denken, sollten auf die Untersuchungen vorbereitet werden. Wenn sie schon eine Vorstellung davon hatten, was auf sie zukam, fürchteten sie sich weniger.

»Für euch Ältere ist das ja okay«, sagte sie. »Ihr könnt verstehen, was los ist. Aber so ein Strahlentherapiegerät sieht aus wie ein riesiges Monster, wenn man noch klein ist. Man muss ja nur für ein paar Minuten da hinein, aber für die Zwerge fühlt sich das an wie eine Ewigkeit.«

Man musste kein kleines Kind sein, um zu spüren, wie die Zeit sich hier drin in die Länge zog. Die Zeit, in der man hier drin gefangen war, fühlte sich an wie eine Ewigkeit. Zu müde, um sich zu bewegen, nicht genügend Energie zum Zeichnen, zu geschafft, um auch nur eine SMS an eine Freundin zu schreiben. Nicht dass sie das wollte. Was gab es denn schon zu erzählen? Sie waren ja in der Schule, erlebten etwas Richtiges. Sie war hier und tat nichts. Sie belauschte einfach nur, wie Jackson sich Ärger einhandelte.

Das würden sie nicht verstehen.

Sie konnte sich nicht einmal mehr daran erinnern, was sie jetzt gerade tun würde, wenn sie in der Schule wäre. Sie konnte sich überhaupt nichts mehr vorstellen. Es spielte sich ja alles außerhalb dieser Mauern ab, und sie selbst war darin gefangen. Wie im Inneren einer Schneekugel ohne Schnee.

Megan öffnete blinzelnd die Augen. Sie hatte nicht richtig geschlafen, aber es war einfacher, mit geschlossenen Augen dazuliegen, als die Lider offen zu halten. Sie hatte es geschafft, ein paar sinnlose Kritzelbilder zu zeichnen, aber es war, als behindere die Chemotherapie ihren Verstand und hemme ihre Hand beim Zeichnen. Sie versuchte, in ihrem Buch zu lesen. Es war ein großartiges Buch. Jedenfalls war es großartig gewesen, als sie es zu Hause angefangen hatte. Auch Schularbeiten gab es zu erledigen. In der Schule hatten sie ihr ein paar Sachen zusammengestellt. Mam hatte alles vorbeigebracht und in ihrem Spind verstaut. Offenbar war ihr Megans Blick nicht entgangen, dieser Nie-im-Leben-mache-ich-jetzt-Hausaufgaben-Blick, deswegen redete sie gar nicht darüber. Außerdem war da ein Stapel Grußkarten, den sie an der Wand über dem Bett befestigen konnte. Mam hatte ihr alle Namen vorgelesen, jeden einzelnen, sodass es in Megans Kopf vor lauter Wörtern brummte.

Sie war erleichtert, als Mam beschloss, sie müsse nun ein Päckchen für Dad auf die Post bringen. Als sie gegangen war, gab es immer noch die Geschäftigkeit der Station um sie herum, aber in ihrem Zimmer war Frieden eingekehrt.

Wenigstens für einen Moment.

Aber jetzt stand jemand an ihrer Tür.

Megan wandte den Kopf. Da stand ein Außerirdischer – oder eine Prinzessin? Sie war sich nicht sicher. Ein Schädel, so glatt poliert wie ein Ei. Keine Augenbrauen. Und dünn wie ein Bleistift. Das rosa Rüschenkleid hing auf den Schultern des Mädchens und fiel wie ein Sack an ihrem Körper herab. Ein dünner Schlauch führte aus ihrer Nase. Er war an ihrer Wange festgeklebt. Ihr Namensband wirkte zwei Nummern zu groß. Sie war schöner als alles, was Megan jemals gesehen hatte.

»Hallo … bist du … bist du Hering?«

Die Außerirdische nickte.

Megan setzte sich im Bett halb auf und ihr Buch rutschte zu Boden. »Suchst du Jackson?«

Ein Kopfschütteln.

»Ich habe letzte Nacht mit deiner Mam geredet.« Letzte Nacht, wirklich? Oder die Nacht davor? Sie konnte sich nicht erinnern. Aber es war auch egal. Das Mädchen sagte nichts.

Megan fragte sich, warum sie da in ihrer Tür herumstand, und wünschte, jemand würde kommen und sie wegbringen. Sie schüttelte sich. Wie konnte sie nur so gemein sein? Machte die Chemo einen wirklich zu so einem Scheusal?

»Ist irgendetwas nicht in Ordnung? Soll ich eine Schwester rufen?«

Hering schüttelte nach jeder Frage den Kopf. Megan war müde.

»Also, willst du reinkommen?«

Interesse. Endlich.

»Jackson fragt nie um Erlaubnis, also musst du auch nicht fragen.«

Megan lächelte, aber das Mädchen erwiderte ihr Lächeln nicht und machte auch keine Anstalten, sich zu bewegen. Sie steckte in Megans Tür fest wie ein Keil.

»Wie lange bist du denn schon hier?«

Hering zuckte mit den Achseln. In ihren Augen, die Megan ansahen, lag so etwas wie Erwartung. Was wollte sie denn? Warum war sie hier?

»Darfst du Saft trinken oder so was? Oder Süßigkeiten essen? Ich hab das alles massenweise hier.« Durfte sie ihr denn etwas anbieten oder sie aus ihrem Glas trinken lassen? Nun, zu spät.

Keine Antwort.

Jetzt sah sich Hering im Zimmer um, als überprüfe sie, ob noch alles am richtigen Platz stand, oder als versuche sie, sich an etwas zu erinnern. Vielleicht hatte sie selbst in diesem Zimmer gelegen und wollte jetzt noch einmal nachsehen, weil jemand anders darin untergebracht war.

»Gefällt es dir hier?«, fragte Megan. »Wahrscheinlich nicht. Zu Hause ist es am besten, oder?«

Hering starrte sie an. Vielleicht hörte sie Megan zu, aber sie ließ kein Verständnis erkennen.

»Aber wenn man schon hier sein muss – die Schwestern sind immerhin nett. Oder? Ich mag Siobhan. Sie ist lustig. Und die Ärzte sind in Ordnung. Sie fragen nur zu viel.« Megan versuchte zu lachen, aber der Blick aus den riesigen Augen raubte ihr alle Energie.

»Bist du schon lange hier drin? Ich nicht, aber ich habe die Nase jetzt schon voll. Ist dir langweilig? Ich glaube, wenn man mir jetzt Matheaufgaben hinlegen würde, dann würde ich die erledigen, aus reiner Langeweile.« Megan bedachte Hering mit einem breiten Grinsen. Sie fühlte sich wie ein Clown mit einem aufgemalten Lächeln, der kleine Kinder aufmuntern sollte. »Und mit der Chemo fühlt man sich ja wirklich beschissen, oder?« Das Mädchen sah sie an, als wäre sie leicht durchgedreht und als wäre das Lächeln eines Clowns etwas für kleine Kinder. »Du bist also fast sieben?«

Hering nickte, sah sich ein letztes Mal um und verschwand.

»Also tschüs dann«, sagte Megan in den leeren Raum hinein, der hinter dem Mädchen zurückblieb.

Man hatte ihr angekündigt, ihr würde etwa am zweiten Tag übel werden, aber Megan hatte keine Vorstellung davon gehabt, wie erschöpft sie sich außerdem fühlen würde. Nichts brachte Linderung. Sich in die Kissen zurücklegen half nicht, sich auf die Seite legen brachte nichts. Sie hatte gerade in ihrem vollkommenen Elend die Augen geschlossen, als sie Jackson an der Tür hörte. Seine Sandalen machten beim Gehen ein leises, schabendes Geräusch.

Na super.

Jackson prallte mit seinem Tropfständer gegen ein Stuhlbein.

»Ups. 'tschuldigung. Ich knalle mit diesem Ding dauernd irgendwo dran. Darf ich reinkommen? Ich versuche, Pluster aus dem Weg zu gehen.«

Nein, wollte Megan schreien, ich will niemanden bei mir haben. Ich will mich übergeben. Sie spuckte in ihre Schüssel.

»Genial!« Jackson lehnte sich grinsend an die Wand. »Bei dir ist es grün!«

Megan fiel zurück in die Kissen und wischte sich mit dem Handrücken über den Mund. »Wenn ich mich übergebe, ist es nie grün.« Jackson lächelte breit. Seine weißen Zähne leuchteten in seinem schwarzen Gesicht. »Ist eher so ein bisschen grau.«

Megan schloss die Augen. Wenn er bloß ginge! Dann fiel ihr etwas auf. Er schnappte nach Luft, als wäre er gerade ein Wettrennen gelaufen. Sie zwang sich, die Augen wieder zu öffnen, und sah ihn an. Er saß aufrecht in dem Stuhl neben ihrem Bett. Es wirkte nicht entspannt. Sie sah, wie sein Brustkorb sich hob und senkte, seine Schultern bebten, sie sah die Feuchtigkeit auf seiner Haut.

»Alles in Ordnung?«

Jackson lächelte. »Ich war in der Röntgenabteilung. Ganz runter und wieder rauf. Das ist ein langer Weg.«

Es dauerte eine Weile, bis er wieder genügend Luft bekam, aber dann endlich ließ er sich entspannt gegen die Stuhllehne fallen, streckte die Beine aus und war wieder der alte Jackson.

»Darf ich vorstellen: Urgroßvater Dawes«, sagte er und zeigte auf sein T-Shirt. Es war lang und ausgeleiert. Auf die Vorderseite war groß das Foto eines alten Mannes aufgedruckt, der Trompete spielte.

»Jackson T. Dawes. Sie haben mich nach ihm benannt. Als ich zur Welt kam, habe ich nämlich schon getanzt und gesungen, anstatt zu schreien.«

»Ach ja. Und das hat nie aufgehört.«

Jackson fing an zu lachen. Megan hörte sein Lachen zum ersten Mal, ein überraschend leises Lachen, tief und heiser, es kam direkt aus seinem Bauch und ließ seine Schultern tanzen. Er wirkte weit älter, als er in Wirklichkeit war, und es brachte sie selbst auch zum Lachen, obwohl sie so furchtbar müde war.

»Also … soll ich dir die Haare schneiden?«

Megan holte tief Luft, als eine neue Welle der Übelkeit sie überrollte. »Hör mit dem Blödsinn auf, Jackson.«

»Deine Haare fallen wahrscheinlich sowieso aus. Da können wir sie gleich abrasieren.«

Wieder ein tiefer Atemzug. Sie versuchte, ihren Magen zu beruhigen. Sie wollte sich nicht übergeben, sie wollte nicht an ihre Haare erinnert werden.

»Oh Mann, das ist so ekelhaft.«

»Ja, ist es. Aber es wird besser. Ehrlich. Was ist es bei dir eigentlich? Das hast du mir nie erzählt.«

Er taumelte von einem Thema zum anderen, von einer Blüte zur nächsten, wie ein Insekt, eine Biene, ein Schmetterling. Megan wandte das Gesicht ab. Sie wollte nicht antworten. Jackson redete weiter. »Meins ist so selten, dass es keinen Namen hat. Sie schreiben Bücher drüber. Ich wette, deines hat einen Namen.«

Megan schloss die Augen wieder. »Medulla … dingsda … irgendwas. Ich weiß nicht.«

Sie warf ihm wieder einen kurzen Blick zu. »Gehst du jetzt? Bitte sag Ja.«

Jackson zuckte mit den Schultern, grinste wieder, dann umklammerte er die Armlehnen des Stuhls und stemmte sich mühsam hoch. Megan beobachtete seine Armmuskeln, die Sehnen, die sich unter der Haut abzeichneten, die kleinen Schweißperlen.

»Brauchst du irgendwas?«, fragte er.

»Jackson …« Schwester Brewster stand in der Tür. Sie hielt eine nierenförmige Schüssel und eine Medikamententabelle in den Händen. Beides legte sie auf den Nachttisch.

Megan seufzte. Was hatten sie jetzt mit ihr vor?

»Sie braucht im Moment nur ihre Ruhe«, sagte Schwester Brewster. »Verzieh dich jetzt.«

»Okay, okay. Wir freunden uns doch nur an«, sagte Jackson und schob seinen Tropfständer vor sich her. »Das wollten Sie doch, erinnern Sie sich?«

Schwester Brewster hob die Augenbrauen und zeigte mit einem Kopfnicken auf die Tür. In ihren Mundwinkeln zuckte es leicht, als versuche sie, ein Lachen zu unterdrücken, als gelänge es ihr nur mit Mühe, eine strenge Miene aufzusetzen.

Megan hätte selbst gelacht, wenn da nicht etwas anderes gewesen wäre.

»Oh …«, jammerte sie und tastete nach der Schüssel, die vor ihr stand. Mit einer Hand schob sie die Haare weg, mit der anderen hielt sie sich die Spuckschüssel unter das Kinn. Gerade noch rechtzeitig.

»Spektakulär«, sagte Jackson.

SECHS

Hering saß mitten auf Megans Bett. Ihr Rüschenkleid fiel um sie herum wie ein rosafarbenes Baiser. Megan versuchte, nicht allzu überrascht dreinzusehen, als sie aus dem Bad kam. Sie hängte einfach ihr Handtuch auf und verstaute ihre Kosmetiktasche. Das Mädchen saß reglos da wie eine Statue oder eine Art flügelloser Engel für die Christbaumspitze. Megan war sich nicht sicher, ob das Mädchen auf einem fremden Bett herumsitzen durfte. Sie war unsicher, ob eine Schwester darüber Bescheid wissen musste, dass Hering hier war. Vielleicht dachten die, Hering wäre ausgerissen, würde einen auf Jackson machen.

»Hallo … Ich habe gerade versucht zu duschen, aber das ist nicht so einfach mit diesem blöden Ding.« Sie trat leicht gegen ihr Tropfgestell. »Hast du schon zu Mittag gegessen?«

Ein winziges Kopfschütteln.

»Ich auch nicht. Riecht nach …«

»Schweißfüßen«, sagte Hering.

Megan rieb sich Vaseline auf die Lippen und steckte das Döschen unter ihr Kopfkissen. »Genau. Und für mich schmeckt alles wie Pappkarton. Rück mal rüber. Ich bin todmüde.« Hering rutschte zur Seite. »Ich muss schlafen oder mich wenigstens hinlegen. Dieses Zeug macht ja dermaßen müde! Hast du auch schon so eine gekriegt?«

Hering nickte.

»Warst du davon auch so müde?«

Ein Blick. Sonst nichts.

»Also, mich macht es völlig fertig.«

Ein Geräusch auf dem Flur ließ Hering zusammenzucken. Es war der Pförtner. Seine Schritte waren leicht zu erkennen. Er hinkte ein bisschen, zog einen Fuß leicht nach, aber am deutlichsten verriet ihn das Rollgeräusch des Essenswagens, den er anlieferte. Um halb sechs schob er ihn in die Station; er wurde an eine Steckdose in der Wand angeschlossen, damit das Essen heiß blieb, und ein paar Stunden später holte er ihn wieder ab.

»Gibt es eigentlich Ärger, wenn wir nichts essen, was meinst du? Ich bin ja neu, deswegen weiß ich es nicht.« Wieder ein Achselzucken. »Ich glaube, die Katze hat wohl deine Zunge gefressen.«

Der Hauch eines Lächelns. »Mr Henry.«

Megan nickte. »Aha! Das habe ich mir doch gedacht. Hast du ihn schon mal gesehen?«

Das kleine Mädchen schüttelte den Kopf.

»Ich glaube, ich habe ihn gehört, aber ich bin mir nicht sicher. Jackson hat gesagt, es war Mr Henry. Aber ich weiß nicht, wie das möglich sein soll. Du vielleicht? Doch nicht so hoch oben. Was soll denn eine Katze so hoch oben anfangen? Ich meine, wie soll sie überhaupt so weit nach oben klettern? Das wüsste ich wirklich gerne.«

»Brian klettert unseren Baum hoch«, sagte Hering mit ruhiger Stimme. »Dann kommt die Feuerwehr und holt ihn wieder runter.«

Megan lachte, aber genauso schnell verstummte sie. Herings

Miene hatte sich verdüstert, in ihren Augen standen plötzlich Tränen, als wäre die Welt um sie herum zusammengebrochen, sie wirkte wie verloren.

»Ach, was ist denn los? Komm her.« Sie legte ihren Arm um das kleine Mädchen, das sich eng an sie schmiegte. Ihre Hände lagen kalt in Megans Händen, ihre Finger waren so leicht wie Federn, als gehörten sie zu einem jüngeren Kind oder zu einem winzigen Vogel. Megan zog ihre Decke über das Mädchen, wickelte sie ein bis zum Hals. »Ist es so besser? Wird dir so wieder wärmer?«

Hering nickte.

»Ist Brian deine Katze?«

»Er ist noch ganz klein.«

»Wer passt denn auf ihn auf, solange du hier bist?«

Hering schniefte und kuschelte sich ein wenig enger an Megan, sodass diese jede Kontur des Mädchenkörpers neben sich spüren konnte, den weichen, kahlen Schädel, der sich unter ihr Kinn geklemmt hatte. Er fühlte sich erstaunlich warm an, gar nicht vollkommen kahl, sondern ein bisschen flaumig, wie der eines Säuglings.

»Grandma und Grandad passen auf ihn auf.«

»Na, das ist doch gut, oder?«

Hering antwortete nicht. Sie rollte sich um Megans Arme und Beine, klammerte sich in einer engen Umarmung an sie und fing so heftig an zu weinen, dass ihr Körper sich schüttelte, als hätte eine unsichtbare Hand sie mit einem Staublappen verwechselt, den es auszuklopfen galt.

Megan schreckte aus dem Schlaf und hatte keine Vorstellung, wie viel Uhr es war oder wo sie sich befand. Sie hatte das Gefühl, als sei alles zu einer einzigen, schwitzigen Masse zusammengeklebt, aber sie hatte keine Ahnung, woran das liegen konnte. Erst als sie versuchte, sich zu bewegen, erkannte sie die Ursache, die sich immer noch an sie klammerte und fest schlief. Hering holte tief und zitternd Luft, als wehre sie sich dagegen, geweckt zu werden, dabei wachte sie überhaupt nicht auf, sondern änderte nur ihre Position und schlief weiter, ohne irgendetwas wahrzunehmen.

Ihre Miene wirkte jetzt ganz entspannt, als habe sie alle ihre Sorgen vergessen, als ginge in ihrem Kopf überhaupt nichts vor. Ein tiefer, traumloser, sorgenfreier Schlaf.

Sorgen.

Warum nur hatte Hering schon Sorgen? Sie war doch noch so klein.

Hering bewegte sich ein bisschen, als spüre sie, dass jemand sie betrachtete. Ihre Füße rutschten ins Blickfeld. Sie trug immer noch ihre Hausschuhe. Pink. Glitzernd. Was für ein Geräusch sie wohl machten? Vielleicht so ein helles Trappeln oder ein Schleifgeräusch? Sie sahen etwas zu groß aus. Vielleicht rutschten sie ihr ein bisschen von den Füßen und Hering schleifte sie über den Fußboden nach.

Nein, das konnte nicht sein. Die Hausschuhe waren zu hübsch, um über den Boden geschleift zu werden, das kleine Mädchen zu leicht, zu zierlich.

Megan betrachtete sie genau. Sie war immer noch halb in die Bettdecke eingewickelt. Eine ihrer Wangen war blass wie Milch, aber die andere, die sie an Megans Schulter gepresst hatte, die nun aber ein bisschen abgerutscht war, wies tiefe Furchen auf und schimmerte pink. Ein Elfenohr, dessen Windungen und winzige Erhebungen beinahe durchsichtig schienen, zart wie eine Blüte, das Megan an das kleine Mädchen erinnerte, dessen Babysitter sie manchmal war: Mr und Mrs Bakers Tochter aus Hausnummer 19. Sie war erst zweieinhalb. Wuchsen Ohren eigentlich gleichmäßig mit dem Rest des Körpers mit?

Hering war knapp sieben …

»Oh«, sagte Megan laut, obwohl niemand da war, denn ihr war endlich aufgefallen, dass sie ihren Arm immer noch um das Kind gelegt hatte. »Was mache ich denn jetzt mit dir?«

Wie als Antwort tauchte Jackson in der Tür auf, warf einen Blick auf die Szenerie und grinste. »Hast du sie entführt oder hat sie dich entführt?«

Megan schüttelte den Kopf. »Ich bin mir nicht ganz sicher.«

Jackson setzte sich auf die Bettkante und beugte sich über Hering.

»Die wacht nicht so bald auf. Das ist sicher. Du sitzt hier fest. Vielleicht für immer.«

»Ja, aber mein Arm ist schon eingeschlafen.«

»Oh-oh, dann müssen wir sie anders hinlegen.«

Jackson zog die Decke von Hering und schaffte es irgendwie, das Mädchen von Megan herunterzuschälen. Hering fing sofort an zu frieren. Megan zog ihren Bademantel vom Bettgestell und wickelte ihn um das schlafende Mädchen, das jetzt zwischen ihnen auf dem Bett lag.

Jetzt floss wieder Blut durch Megans Arm. Sie beugte die Finger, legte dann ihren Kopf von einer Seite auf die andere. Sie spürte erst jetzt, wie ihr Nacken schmerzte.

»Wie spät ist es?«

»Die Tagesschicht geht demnächst.«

Dann hatte sie also nicht sehr lange geschlafen. Dennoch hatte sie das Gefühl, es seien Stunden vergangen.

Siobhan kam herein. »Aha. Da ist sie ja. Ihre Mam geht mal kurz ins Café, und was erwartet sie, als sie zurückkommt? Ein leeres Bett.«

»Ich glaube, sie vermisst ihren kleinen Kater. Sie macht sich Sorgen um ihn«, erklärte Megan.

»Ach so?«

»Und ich wusste nicht, was ich tun sollte. Ob das überhaupt erlaubt ist oder so. In meinem Zimmer. Meine ich. Aber sie war so traurig, ich konnte sie nicht wegschicken. Und dann ist sie eingeschlafen.«

»Armes kleines Mäuschen. Ich bringe sie rüber.«

Megan sah zu, wie Siobhan das Mädchen hochnahm, mit einer so flinken, so vorsichtigen Bewegung, als sei Hering etwas ganz Zerbrechliches, Wertvolles, als sei sie eine Figur aus dünnem, rosafarbenem Glas, etwas, das in Stücke zerspringen würde, wenn man nur einen falschen Atemzug machte.

Hering, die immer noch tief schlief, kuschelte sich an die Krankenschwester, als sei sie davon überzeugt, dass ihr so niemals ein Unglück widerfahren könnte.

Es war nach elf, und Megan musste eigentlich längst schlafen, aber ihr Kopf wollte einfach nicht zur Ruhe kommen. Sie versuchte erst, wieder zu lesen, dann versuchte sie zu zeichnen, sie versuchte, so ruhig wie nur möglich zu liegen, in der Hoffnung, der Schlaf würde dann einfach zu ihr kommen, aber er tat es nicht. Schließlich stieg sie aus dem Bett und ging den Flur hinunter.

Das Besucherzimmer war dunkel, bis auf den schwachen, silbrigen Schimmer von außen und dem Schein einer Gelenkleuchte, die einen kleinen Fleck goldenen Lichts ausströmte. Megan fühlte sich von dem Raum angezogen, obwohl sie nur ein paar Schritte hatte gehen wollen. Irgendwie wirkte er gemütlich, friedlich.

Während sie vorsichtig mit ihrem Tropfständer den Stühlen und dem Kaffeetisch auswich, sah Megan hinunter auf den Fluss, die Straßen, die Gebäude, die vielen Lichter, alles ganz anders als bei Tag. Vor den Krankenhaustoren erstreckte sich eine funkelnde Decke, die man über die andere Welt geworfen hatte, jene Welt, in der Mam lebte, von der aus sie kleine Stückchen Information hereintrug … über den Nachbarshund oder über das Kirchendach, das gerade abgedeckt war, oder darüber, dass endlich die neue Filiale von Sainsbury's eröffnet hatte und sie hingegangen war, um sich mal umzusehen. Sie hätte genauso gut über einen Flug zum Mars berichten können. Megan hatte ihr zugehört und sich bemüht, Interesse zu zeigen, aber in Wirklichkeit wartete sie nur darauf, dass Mam wieder ging. Und dafür schämte sie sich, fühlte sich undankbar. Selbst jetzt.

Megan knipste die Lampe aus, sodass der Raum vollständig im Dunkeln lag. Aus irgendeinem Grund fühlte sie sich so besser, Mam war vergessen, und die Welt draußen leuchtete noch viel heller.

Sie war hellwach, diese Stadt. Wie strahlend erleuchtete Bänder erstreckten sich Straßen in alle Richtungen, wie merkwürdige Pflanzen auf einem schwarzen Feld. Sie führten weit in die

Ferne. Autos bewegten sich darüber hinweg, bremsten, rasten wieder los. Wer waren sie wohl, diese ganzen Leute, die da herumfuhren? Wohin wollten sie um diese Zeit?

Irgendwo in der Nähe verströmte eine Straßenlaterne dunstig weißes Licht, wie ein feines Netz, in dem sich immer mal wieder ein Schatten verfing, ein Mensch, ein Tier. Mr Henry vielleicht. Falls es ihn wirklich gab. Vielleicht ging er gerade irgendwo in der Stadt auf die Jagd, stellte den Ratten nach.

Ein Zug rollte über die Flussbrücke, verschwand. Megan wünschte, sie könnte mitfahren. Ein Nachtbus befuhr die Straße neben dem Krankenhaus. Ein Bus reichte aus, er konnte sie nach Hause bringen.

Über ihr dröhnte ein Flugzeug. Sie konnte nicht sagen, ob es gerade landete oder startete. Niemand in diesem Flugzeug, keiner der Menschen auf der Welt unter ihr, in diesen Autos, im Zug, im Bus oder irgendwo im Schatten, wusste irgendetwas über Megan. Sie war so unbedeutend wie eine Ameise, einfach jemand, der am Fenster stand und hinaussah. Jemand, dessen Freunde nicht aufgetaucht waren.

Zwei ganze Tage.

Es ist wegen der Schule, schrieb Gemma, wenn sie eine SMS schickte. *Es ist wegen der Hausaufgaben*, schrieben die Zwillinge. Es war wegen der ganzen anderen Dinge, die sie taten, wenn sie nicht in der Schule waren. Und das Krankenhaus lag so weit entfernt. Wenn Megan erst nach Hause kam, würden sie jeden Tag zu Besuch kommen, sagten sie. Es würde ja nicht mehr lange dauern … ☺ ☺ ☺

Jackson hatte recht, und dafür wollte Megan ihn hassen, aber sie konnte es nicht. Er hatte versucht, sie zu warnen, und sie hatte nicht auf ihn gehört. Und sie vermisste ihre Freunde so schmerzlich wie Hering ihren kleinen Kater vermisste, so sehr, dass es wehtat.

Plötzlich erschien der Mond vor dem Fenster, glitt hinter einer Wolke hervor. Er sah aus wie eine Glocke aus Eis, als er den Raum in ein Licht tauchte, in dem die bleichen Wände noch blutleerer erschienen, noch farbloser, die blaue Stuhlreihe irgendwie noch tiefer im Schatten versank. Die abgewetzten Kanten der Stühle rau, wie frische Wunden.

Megan wischte sich über die Augen. Es war dumm, jetzt zu weinen, aber sie konnte nicht anders.

Eine Bewegung in der Dunkelheit ließ sie laut kreischen.

»Schschsch!«, machte Jackson.

»Mann, hör auf, dich an Leute anzuschleichen!«

»Das mache ich doch gar nicht. Das hier ist mein Versteck, verstehst du?«

»Nein, heute nicht«, brachte Megan heraus. »Und ich verstecke mich nicht.«

Jackson schlurfte näher heran. »Redest du wenigstens mit mir drüber?«

Megan konnte nicht mehr sprechen, sie wollte nicht vor ihm weinen, wollte nicht so schwach sein, aber sie konnte das alles nicht verhindern. Und unwillkürlich musste sie wieder an Hering denken. Die kleine Prinzessin vom anderen Stern. Warum tauchte sie immer wieder auf? Und warum hatte sie ihren Namen geändert? Was sollte das alles? Andererseits, warum nicht? In diesem Krankenhaus war nichts wirklich. Vielleicht war so ein neuer Name eine Hilfe, wenn man krank war, wenn man hier auf der Station festsaß.

Man konnte so tun, als würde das alles jemand anderem passieren.

Wenn sie bloß ihren eigenen Namen ändern könnte. Jemand anderes sein.

»Geht es dir schlechter, wenn ich hier bin?«, fragte Jackson mit sanfter Stimme. »Soll ich gehen?«

Megan sah zu ihm auf. Sie fühlte sich neben ihm wie ein Zwerg, er war so groß! Sie reichte ihm kaum bis zur Schulter, und doch hatte seine Größe irgendetwas an sich, das ihm Kraft verlieh, Beständigkeit, als wäre er ein fester Fels, etwas, das sich niemals bewegen oder einen anderen enttäuschen würde.

Nein, er sollte nicht gehen.

»Ist in Ordnung«, sagte sie.

»Und … was ist los?«

»Weiß nicht.«

Megan wollte so gerne ihren Kopf gegen seinen Arm lehnen, ihn dort ruhen lassen, nur für ein oder zwei Sekunden. Oh doch, sie wusste, was los war. Einfach alles. Es lag daran, dass er die ganze Zeit so lustig und fröhlich sein konnte, wo sie selbst so wütend und unglücklich war. Es lag daran, dass sie ihm nicht geglaubt hatte, was er über ihre Freunde gesagt hatte. Wo er doch die ganze Zeit recht gehabt hatte. Es lag daran, dass sie ihn nicht um sich haben wollte. Wo sie ihn doch in Wirklichkeit mehr brauchte als irgendetwas anderes auf der Welt. Vor allem jetzt gerade.

»Hey!« Jackson rückte näher. Ihre beiden Tropfständer stießen dumpf scheppernd gegeneinander. »Mach dir keine Sorgen, egal, worum es geht.«

Dann legte er seinen Arm um ihre Schultern, warm wie ein

Pullover, zog sie so dicht heran, dass sie vollkommen mit seiner Gestalt verschmolz, sodass im kalten Mondschein, dem bunten Glitzern der Stadt und den Lichtbändern der Straße alles verschwamm. Megan sah nicht, wo er anfing und wo er endete, aber es war egal. Alles war jetzt egal.

»Danke«, sagte Megan später. Ihre Augen fühlten sich dick geschwollen und wund an vom vielen Weinen.

»Wofür?«

»Ich weiß nicht genau. Dafür, dass du einfach da bist, wahrscheinlich.«

Aber es war mehr als nur das. Es war auch alles andere. Sie dankte ihm dafür, dass er ihr das Gefühl gab, sie dürfe ruhig weinen. Dafür, dass in seiner Anwesenheit alles wenigstens ein bisschen einfacher wirkte, ein bisschen weniger verwirrend. Es war ein Dankeschön dafür, dass Jackson ihr ein Gefühl der Sicherheit gab, hier am Fenster, mit dem schwarzen Himmel über ihr.

Endlich rückte sie von ihm ab, schlüpfte vorsichtig unter seinem Arm durch. »Ich glaube, wir sollten zurück in unsere Zimmer gehen. Bevor jemand kommt und uns hier findet.«

»Sollen sie doch. Was wollen sie denn mit uns machen? Uns rausschmeißen? Uns nach Hause schicken?« Sein Gesicht leuchtete im Mondlicht. Er lächelte.

Es war ein freundliches Lächeln, zur Abwechslung mal keines, mit dem er sich über sie lustig machte. Megan wusste, dass Jackson ihr Freund sein wollte, dass er versuchte, ihr zu helfen, jetzt, wo keine Gemma da war, mit der sie reden konnte, keine Zwillinge, die über alles dumme Witze rissen, als hätten sie auch nur die geringste Ahnung davon, wie es war, im Krankenhaus zu sein, Krebs zu haben.

Megan schenkte Jackson ein schwaches Lächeln.

Ja, er war der Einzige, den sie hatte. Sie musste nett zu ihm sein, durfte ihn nicht mehr so behandeln, als wäre er ihr ständig im Weg. Jackson beugte sich über sie, als sei ihm das alles klar. Megan spürte seinen Atem in ihrem Gesicht, sauberen Zahnpasta-Atem.

»Komm, wir bleiben einfach hier«, flüsterte er, als wäre das die Lösung für alles.

»Wo sollten wir auch sonst hingehen?«, fragte Megan. Sie war selbst überrascht von der Bitterkeit, die sie mit einem Mal überfiel. »Es gibt ja nur diese blöde Station, diesen blöden Ort hier.« Die Worte brachen in kurzen Wellen aus ihr hervor, als sei Jackson an allem schuld, und das war er nun wirklich nicht.

Aber sie konnte nicht anders.

Der Zorn wollte sich einfach nicht legen. Einfach hierbleiben, das bedeutete, dass sie nicht weggehen konnte, dass sie von diesem Krankenhaus aufgesaugt würde, von Jacksons Welt, dass es ihr irgendwann so ergehen würde wie ihm, ständig in Schwierigkeiten, oder wie Hering, die ihrer Katze nachtrauerte.

Sie wollte nicht in Schwierigkeiten sein, auch nicht unglücklich. Sie wollte normal sein, woanders sein, nicht mehr krebskrank. Es war alles Mist. Alles. Und Jackson konnte ihr nicht helfen. Keiner konnte das, und es brachte überhaupt nichts, »einfach hierzubleiben«.

Genau in diesem Moment beugte Jackson sein Gesicht über ihres und küsste sie mit ganz sanften Lippen auf die Wange. Sie wich zurück. »Nicht.«

Jackson stand ganz still, als hätte man einen Ausschaltknopf gedrückt. Die Luft zwischen ihnen knisterte beinahe. Megan konnte nicht sagen, ob er gekränkt war, ärgerlich oder belustigt. Es wäre ein Leichtes für sie gewesen, den Knopf wieder einzuschalten, ihn wieder in ihrer Nähe zu spüren, durch den dünnen Stoff ihres Nachthemds, jeden seiner Atemzüge einzuatmen. Sie konnte seinen Kuss einfach erwidern.

Aber nein. Es war nicht richtig. Nichts war richtig.

Der Raum zwischen ihnen beiden wurde größer und tiefer als eine Schlucht. Die Luft kühlte ab.

»Schon gut. Ich hab's verstanden«, sagte Jackson.

»Nein! Du hast nichts verstanden … Es ist nur …« Sie fand die richtigen Worte nicht. Sie fühlte sich noch leerer.

Aber musste man nicht ein kleines bisschen glücklich sein, um jemanden küssen zu wollen?

Megan versuchte, die Tür zu erreichen, aber jetzt, in der Dunkelheit, schienen die Möbel größer als zuvor, ihr Tropfständer schien um mehrere Meter gewachsen, mehr Räder bekommen zu haben. Ständig knallte er gegen irgendetwas.

»Geh nicht weg«, sagt Jackson. »Bleib noch ein bisschen hier. Es tut mir leid. Ich verspreche dir, dass ich dir nicht noch mal zu nahe trete.«

Jetzt hatte er wieder sein Grinsen in der Stimme, das ihr sagte, dass er nicht gekränkt war. Nichts und niemand, nicht mal sie, konnte ihn irgendwie verletzen.

Megan musste lächeln, nur ein kleines bisschen, als wäre alles nur ein böser Traum, dieses ganze Unglück, und jetzt wäre sie aufgewacht.

Jackson setzte dazu an, sich auf einen der an der Rückwand aufgereihten niedrigen Stühle niederzulassen.

»Hey, was machst du?«, fragte Megan.

»Manchmal lege ich mich einfach etwas hin und schlafe.« Er klang wie seine Mutter, ein älterer Mensch.

»Auf denen da?«

»Ja. Probier's aus.«

Megan ließ sich auf die gegenüberliegende Stuhlreihe fallen. Die Stühle waren nicht unbequem, eigentlich nicht. Sie zog die Füße hoch und wickelte ihren Bademantel um sich herum wie eine Decke. Sie hätte leicht einschlafen können. Hatte Jackson das schon mal getan? Die ganze Nacht über? Sie warf ihm einen Blick zu. Er streckte sich aus wie eine Katze in ihrem Körbchen.

»Jackson?«, flüsterte sie.

»Sssss! Ich mache einen Plan!«

Megan runzelte die Stirn. »Was für einen Plan denn?«

Anstelle einer Antwort hörte sie nur ein glucksendes Lachen, dann war es still. Offenbar war es Jackson egal, ob sich Schwestern und Ärzte über ihn aufregten. Er interessierte sich höchstens dann für Regeln und Gebote, wenn er sie brechen wollte, um ihnen wenigstens einen Moment lang entrinnen zu können.

Wenn sie es nur so machen könnte wie er!

Megan wünschte sich einen Ort, an den sie sich flüchten konnte, so wie Jackson, irgendeinen Ort, der nicht ihr Zimmer war, nicht die Station oder der Wartebereich für die Besucher oder dieser Platz, den sie die »Schule« nannten, aber der nur aus einem Tisch, ein paar Stühlen und einem Computer in einer Ecke des Spielzimmers bestand.

»Wo gehst du eigentlich hin?«, fragte sie. »Wenn du von der Station abhaust?«

Jackson stützte sich auf seine Ellbogen. Megan spürte, dass er sie beobachtete, als versuche er, ihr Rätsel zu lösen. »Na ja, das Krankenhaus ist groß«, sagte er. »Hunderte Stockwerke und Gebäude und Fahrstühle. Dann gibt es noch den Altbau, jede Menge Flure und Schatten und Dinge, denen du mitten in der Nacht lieber nicht begegnen möchtest.«

»Lass das, Jackson«, warnte Megan. »Heb dir diesen Kram für Becky und Laura auf. Komm schon. Raus damit.«

Ein Lachen drang tief aus seiner Kehle. »Okay … na gut … die Pförtnerloge, die Personalkantine, die Wäscherei, Besucherrestaurant, Kapelle …« Er verstummte, als wolle er Luft holen oder erst einmal prüfen, wie sie reagierte.

Megan sah Jackson an, stellte sich vor, dass er an der Pförtnerloge gar nicht anhielt, nicht in der Kapelle oder der Wäscherei, sah ihn vor sich, wie er ganz lässig und cool aus dem Haupteingang spazierte, den Weg hinunter, bis auf die Straße.

»… das Wohnhaus der Ärzte, das Schwesternheim … jedenfalls gehe ich davon aus, dass es das Schwesternheim war …«

»Du warst doch da nicht überall.«

»Doch, war ich.«

»Warum?«

»Warum nicht?« Jackson grinste, seine Zähne schimmerten im Mondlicht weiß. »Es erinnert sie daran, dass ich noch da bin. Ich fehle ihnen, wenn ich weg bin.«

»Ja … du fehlst ihnen wie ein Loch im Kopf.«

Eine Turmuhr schlug, schlug weiter, jeder einzelne Ton dröhnte leise über die Stadt. Es war Mitternacht. Mr Henry musste jetzt wohl draußen unterwegs sein, Ratten nachstellen, über Dachgiebel balancieren, an Hauswänden hochklettern, auf Fenstersimsen sitzen, Menschen anstarren, die um diese Zeit eigentlich schlafen sollten.

»Also, abgesehen vom Zeichnen«, sagte Jackson, als wäre es ihm plötzlich langweilig geworden, von sich selbst zu reden, »was interessiert dich sonst noch so?«

»Fußball«, antwortete Megan.

Jackson verschränkte die Arme unter dem Kopf. »Fußball? Du schaust dir Spiele an, ja?«

»Ich spiele Fußball.«

»Aber du bist ein Mädchen. Mädchen spielen doch nicht Fußball«, spöttelte Jackson. »Ich weiß nicht, was Becky und Laura dazu sagen werden. Und Hering, die erst recht. Du solltest dich mit Dingen für Mädchen beschäftigen, so was wie … ich weiß nicht … Kleider, Shoppen, Schminken …«

»Das machen nicht alle Mädchen.«

»Nein? Also, die Mädchen, die ich kenne, spielen nicht Fußball.«

Megan verdrehte die Augen. »Na ja … toll! Ich mach's aber.«

Einen Moment lang war es still, während Jackson das verdaute.

»Spielst du gut?«

»Ich war das einzige Mädchen in der Schulmannschaft«, sagte Megan. »Wir haben uns ganz gut geschlagen.«

Jackson gab einen Laut von sich, der vermutlich aussagen sollte, dass er beeindruckt war. »Dann musst du wohl gut sein.«

Ihr Trotz schwand. Was brachte es, über eine Sache zu reden, die sie niemals wieder tun würde? Sie würde nie wieder so gut spielen, und man würde sie kaum wieder in die Mannschaft lassen, nachdem sie so lange gefehlt hatte.

»Ich war gut.«

»Hey, es wird alles wieder. Wirst schon sehen.« Jackson hatte offenbar ihre Gedanken gelesen. »Wenn sie uns endgültig hier rauslassen, spiele ich wieder in der Band und du wieder in der Mannschaft.« Er gähnte und streckte sich noch einmal, seine Gliedmaßen wirkten noch länger, noch beweglicher, noch sehniger. Er schubste seinen Tropfständer beiseite, um sich mehr Platz zu verschaffen. »Übrigens, sie lassen mich raus. Morgen.«

»Nach Hause?« Megans Herzschlag setzte aus. Wie sollte sie die Woche ohne ihn überstehen?

»Für immer?«

»Nee. Ich komme in ein paar Wochen wieder.« Wieder eine Schweigepause. Megan sah zu ihm hinüber. Er starrte sie an.

»Wirst du auch hier sein?«

»Vielleicht.«

Jackson sagte nichts, als hätte er nichts gehört oder als wäre es ihm sowieso egal. Oder vielleicht lag es daran, dass er nicht mehr wach war. Er atmete langsam, rhythmisch, gelegentlich war ein leises Schnarchen zu hören. Seine Knie bewegten sich leicht, eines über dem anderen, während er tiefer in den Schlaf sank. Sein Arm zuckte. Megan beobachtete, wie sein Brustkorb sich hob und senkte, sah zu, wie der Mond wieder hervorkam, sein Licht zu Jackson vordrang, sich auf seine Haut legte.

Er hatte seinen Hut abgenommen. Er hielt ihn auf seinem flachen Bauch fest, seine langen Finger krümmten sich um die Krempe. Der Hut atmete mit ihm.

Megan gähnte. Sie sollten beide wieder auf ihr Zimmer gehen. Wenn eine Nachtschwester sie fand, würde es Ärger geben. Doppelten Ärger. Aber es kümmerte sie nicht, wenn es Jackson nicht kümmerte.

Megan rollte sich zu einem gemütlichen Ball zusammen. Sie schloss die Augen und stellte sich vor, wie sie und Jackson durch die Stadt wanderten, eingehüllt in Bänder aus Licht. Sie entfernten sich weiter und immer weiter vom Krankenhaus, bis sie nur noch zwei kleine Punkte in der schwarzen Nacht waren; immer weiter wanderten sie, bis der Morgen dämmerte.

SIEBEN

Jackson durfte nach Hause. Seine Mutter half ihm, seine Sachen zusammenzupacken. Megan ließ die beiden mit dieser Aufgabe allein, obwohl sie sich so wünschte, dabei zu sein. Aber das war dumm. In ein paar Tagen durfte sie selbst nach Hause. Was für ein Quatsch, jetzt traurig zu sein. Sie würde allein zurechtkommen. Sie war kein kleines Kind mehr. Sie würde allein ihre Ausflüge unternehmen.

Allerdings würde sie vielleicht nur zur Hauptstation wandern, nicht durch das ganze Krankenhaus streifen. Sie war immer noch müde. Nach der kleinsten Anstrengung wollte sie sich schon wieder hinlegen und schlafen. Nicht dass Schlaf Abhilfe schaffte. Wenn sie aufwachte, war sie immer noch müde.

Megan schob ihren Tropfständer den Flur entlang, von Jacksons Zimmer weg, schlüpfte durch die Doppeltür, und das Erste, was sie sah, war Hering.

Ihre Miene war aufgelöst, ihr Gesicht rot. Sie saß mitten auf ihrem Bett. Siobhan war bei ihr. Auch ihre Mutter, die nur entfernt jener Frau ähnelte, mit der Megan einige Nächte zuvor geredet hatte. Sie sah so aus, als wäre sie nach einer schlaflosen Woche gerade erst aus dem Bett aufgestanden.

»Will ich nicht«, sagte Hering gerade.

»Das ist doch nur deine Medizin. Die macht dich gesund«,

sagte ihre Mutter. »Siobhan hat das extra vorbeigebracht. Nur für dich.«

Hering schüttelte den Kopf.

Ihre Mutter versuchte es noch einmal.

Nichts.

Beobachtet wurde die ganze Szene von einem kleinen Jungen, der auf der Seite lag und einen Teddybär umklammert hielt. Der Bär trug eine kleine Schwesternhaube mit einem großen roten Kreuz drauf. Der Junge hatte seine Finger tief in den Bauch des Teddybären vergraben, sodass dieser sich krümmte, als habe er Schmerzen.

»Ist doch nur eine winzige Tasse voll«, sagte Siobhan. »Und dann geht es dir besser.«

»Nein, tut es nicht.«

»Mikey hat das auch genommen, nicht wahr, Mikey?« Der kleine Junge mit dem Teddybär nickte. »Siehst du? Und jetzt geht es ihm besser, nicht wahr?«

Erneutes Nicken. Dem Teddybär verrutschte die Mütze.

Hering verzog den Mund.

Im Schwesternzimmer klingelte das Telefon. Ein Arzt, der Zettel hin und her schob, als suche er etwas Wichtiges, nahm ab und lauschte.

»Schwester Brewster, es ist für Sie.« Er wedelte mit dem Telefon in der Luft herum und wühlte weiter in den Papieren.

»Ich gehe dran. Sie ist beschäftigt.« Eine Schwester war hinter ihm aufgetaucht, nahm ihm das Telefon aus der Hand und begann hineinzusprechen.

Jetzt weinte ein Baby, und seine Mutter beruhigte es, indem sie ihm über den Kopf streichelte. Ein Kleinkind trommelte mit einer Lokomotive gegen die Stangen seines Gitterbetts, das Gesicht der Spielzeuglok lächelte unbeeindruckt weiter.

Eine Frau, an deren weißem Kittel ein kleines Schild mit der Aufschrift »Physiotherapeutin« steckte, saß vor einem anderen Kind, ließ es ein- und ausatmen – die Stoffmaus, die auf seiner Brust saß, sollte sich bewegen. »Ja, genau so. So ist es doch besser. Wenn du schön tief einatmest, bewegt sich die Maus. Du bist einfach ihr Trampolin.« Der Junge sah sie verwundert an. »Kluger junger Mann! Komm, wir probieren es noch einmal.«

Dann stand Jackson auf einmal am Ende des Flurs.

Ohne seinen Tropf, mit Jacke, Jeans und einem kleinen Rucksack über der Schulter sah er ganz normal aus. Nein, nicht normal. Er sah umwerfend aus.

Die ganze Station schien den Atem anzuhalten, zahlreiche Augenpaare wandten sich ihm zu. Selbst das regelmäßige Ticken der Apparate schien einen Moment lang aus dem Takt zu geraten, als hätte er sie bei irgendetwas Verbotenem ertappt.

Er kommt, weil er sich von mir verabschieden möchte, bevor er geht. Ein glückseliges Schwindelgefühl, gleichzeitig schmerzhaftes Bedauern. Aber Jackson ging geradewegs auf Hering zu, deren Gejammer sofort abbrach. Der Junge mit dem Teddybär starrte zu ihm hoch. Die kleine Lokomotive verharrte in der Luft. Die Maus hob und senkte sich, aber der Junge spähte über die Schulter der Physiotherapeutin.

»Hi, Siobhan, was hast du denn da?« Jackson nahm der Krankenschwester die kleine Tasse mit der Medizin aus der Hand und schwenkte sie unter seiner Nase.

»Hmmm«, machte er und nickte. »Erdbeeressenz. Ein Hauch Eiscreme. Eine Prise Hunderter und Tausender.« Er riss die

Augen auf, sie wirkten riesig. Irgendwoher erklang ein Kichern. »Darf ich das bitte haben?«

Siobhan schüttelte den Kopf. »Nein, Jackson, du weißt genau, dass das nicht für dich ist. Gib es sofort zurück. Du hast deine eigene Medizin für zu Hause bekommen.« Ihre Augen glitzerten, sie amüsierte sich offenbar.

Jackson runzelte die Stirn. »Sie wollen die selber trinken, stimmt's? Ich glaub's nicht! Eine Krankenschwester! Klaut einfach Herings Medizin!« Er hielt die Tasse so hoch, dass Siobhan sie nicht erreichen konnte.

Hering beobachtete alles mit offenem Mund und Augen wie Suppentellern. Ihre Mutter saß mit einem schwachen Lächeln daneben und schob sich eine Haarsträhne aus dem Gesicht.

»Ich übergebe das hiermit seiner rechtmäßigen Besitzerin«, sagte Jackson und goss Hering die Medizin in den Mund, bevor sie die Lippen zusammenpressen konnte. Er hielt ihr ganz sanft den Mund zu, seine Finger lagen unter ihrem Kinn, sodass sie die Medizin nicht wieder ausspucken konnte.

Weg war sie, die Medizin.

Wieder ein Kichern von irgendwoher. Die kleine Lokomotive klapperte gegen das Bettgitter. Die Maus hob und senkte sich. Die Mütze des Teddybären rutschte endgültig zu Boden.

»Bis dann, Hering. Und wenn Siobhan sich wieder mal mit deiner Medizin aus dem Staub macht, dann sagst du es sofort mir oder meiner Freundin Megan.«

Er ging auf Megan zu und legte ihr sanft die Hand auf die Schulter. Sie fühlte sich warm und angenehm an, wie die Hand eines alten, weisen, freundlichen Menschen. Einen Moment dachte Megan, er würde sie vielleicht noch einmal küssen. Vor der ganzen Station. Was sollte sie dann tun? Es zulassen? Megan sah zu ihm hoch, als wollte sie sagen: Ist in Ordnung, ich habe nichts dagegen.

Aber Jackson lächelte nur. »Wir sehen uns nächstes Mal, vielleicht.«

Und weg war er.

Megan saß am Basteltisch mit der Knetmasse und passte auf Herings Katze auf. Irgendwie, ihr war immer noch nicht klar, wie genau, hatte sie plötzlich am Tisch gesessen und war damit beschäftigt, Hering bei der Herstellung eines Knete-Brian zu helfen. Er war schneeweiß mit blauen Augen. Sie waren gerade fertig, als Hering wieder ins Bett musste, weil ein paar Medizinstudenten sie sich ansehen wollten. Das konnte eine Ewigkeit dauern, aber Megan hatte versprechen müssen, dass sie auf die Katze aufpassen würde.

Morgen würde Megan nach Hause entlassen – es war eine merkwürdige Vorstellung, den Tropf mit seinem Ständer abgeben zu müssen, diesen ständigen Begleiter während einer gefühlten Ewigkeit, und zu wissen, dass sie wieder ganz normale Dinge tun konnte.

Normale Dinge. Nur, was war das überhaupt?

Sie sah sich in der Station um. Irgendwo wurde gesungen. Eine Mutter und eine Schwester mit einem CD-Spieler, sie sangen mit der Musik mit. Auf einer Decke vor ihnen saß ein kleiner Junge, der ihnen alles nachmachte. *Rümpf die Nase*, sangen sie. Der Junge rümpfte die Nase. *Streich dir über die Haare*, sangen sie. Er strich sich mit der Hand über den kahlen Schädel. *Und jetzt musst du zappeln, zappeln, zappeln.* Er fuchtelte mit den Armen, ließ seinen Kopf rollen und kicherte, klatschte in die Hände, stolz auf seine Klugheit.

Seine Haut hatte eine blassgelbe Farbe, und um den Mund herum waren entzündete Stellen zu sehen, aber das schien ihn nicht zu stören. Und als die Musik mit einem Tusch endete und die Erwachsenen applaudierten, schrie er: »Noch mal!«

Erneut wurde der »Play«-Knopf betätigt, Lied und Tanz begannen von vorn.

Weil es so langweilig war, den kleinen Jungen auf seinem Hintern herumzappeln zu sehen, fing Megan an, für Brian ein schönes Zuhause zu basteln. Sie rollte die Knetmasse zu kleinen Würstchen, formte daraus Baumstämme und klopfte runde grüne Platten als Laub; sie rollte kleine rote Kügelchen als Äpfel, sie legte einen Garten an. Er blühte hinter einem weißen Zaun, und dieser erstreckte sich neben einem himmelblauen Teich mit einer Ente in der Mitte.

Bei jedem Teil achtete Megan genau auf die Einzelheiten, ritzte Adern in die Blätter, Muster in den Baumstamm, Lilien in den Teich, und die Äpfel bekamen grüne Blättchen, sodass alles lebendig aussah und in allen verfügbaren Farben leuchtete.

Die Spieltherapeutin nickte anerkennend, und ein Kind rutschte von seinem Bett, ließ seine Mutter zurück, um sich den wachsenden Garten anzusehen. Ein Junge schleppte seine Decke mit, steckte sich eine Ecke davon in den Mund und saß nuckelnd da, während er Megan bei der Arbeit zusah. Der Besitzer der Lokomotive krabbelte ans Ende seines Bettchens und starrte durch die Gitterstäbe. Der tanzende Junge wurde schon bald herübergetragen, und dieses neue Unterhaltungsprogramm entlockte ihm wieder ein breites Lächeln.

Wenn Jackson da gewesen wäre, hätte er um diese ganzen Modelle in ihren grell leuchtenden Farben herum eine Geschichte erfunden. In seiner Abwesenheit tat Megan, was sie konnte.

Jetzt war Brian aus dem Schlaf erwacht.

Jetzt suchte Brian im Teich nach Fischen.

Jetzt kletterte Brian auf einen der Bäume.

Hering kam zurück. Sie wollte ihren Kater sehen, wollte wissen, ob er in Sicherheit war. Ihre Mutter musste am Bett auf sie warten.

Voller Stolz auf ihren Knetgarten winkte Megan ihr zu. »Mach die Augen zu.«

Hering schloss die Augen. Megan führte sie an den Tisch. »Und jetzt Augen auf.«

Hering blinzelte ins Licht, warf einen Blick auf Brians neues Zuhause, und ihr Gesicht verzog sich zu einer hässlichen Grimasse. Sie stieß einen kreischenden Schrei aus und schlug mit der Faust auf die Bäume, die Äpfel, die Blätter, den Teich und klopfte sie nacheinander flach.

»Nein!«, schrie sie mit jedem Schlag. »Nein. Nein. Nein.«

In nur wenigen Sekunden verwandelte sich Brians schöner, bunter Garten in ein schlammiges Chaos.

Sechs Augenpaare blinzelten, starrten die Masse auf dem Tisch, den zerstörten Garten neugierig an. Herings Mutter kam herüber, mit schleppenden Schritten, als würden solche Dinge ständig passieren.

Völlig verdutzt rettete Megan die Katze, aber nur in letzter Sekunde.

»Was ist denn los? Ich dachte, es gefällt dir. Gefällt es Brian nicht?«

Sie wedelte mit der Katze vor Herings Gesicht, auf dem aufgeregte rote Flecken erschienen waren.

»Nein. Er kann es nicht leiden.« Sie riss Megan die Knetkatze aus der Hand, warf sie zu Boden und stampfte sie mit ihren wunderschönen rosa Slippern mit den glitzernden Zehen einfach platt.

Megan saß mit offenem Mund da. Sie hatte keinerlei Vorstellung davon, was schiefgegangen war. Krankenschwestern kamen angelaufen. Die Spieltherapeutin machte sich daran, die Unordnung zu beseitigen.

»Komm schon, Schatz«, sagte Herings Mutter. »Megan hat so lange gebraucht, bis sie das alles fertig hatte. Nur für dich. Es ist nicht nett, sich so zu benehmen.«

»Ich will das nicht. Es ist doof.«

»Ist schon in Ordnung«, sagte Megan. »Mir war nur langweilig. Ich habe nur herumgespielt. Es war nicht besonders gut oder so.«

Herings Mutter ergriff die Hand ihrer Tochter. »Komm, ruh dich aus, mein Schatz.«

Hering stand nur da, starrte auf die Zerstörung. Und fing an zu weinen. Als die Mutter sie endlich überredet hatte, wieder ins Bett zu gehen, rollte sie sich dort zusammen und weinte weiter, als sei die ganze Welt um sie herum zusammengebrochen, so platt und schmutzig wie Brians zerstörter Garten.

Später klopfte Herings Mutter an Megans Tür.

»Ich komme nur, um dir zu sagen, wie leid es mir tut.«

»Ist nicht schlimm. Wirklich nicht.«

»Ich weiß nicht, was in sie fährt … Sie ist gerade noch gut drauf, und im nächsten Moment … sie meint einfach, sie kann alles tun, was ihr gerade in den Kopf kommt. Ich bin manchmal so wütend auf sie.«

Megan lächelte. »So wird man hier drin eben. Das kommt von den Medikamenten und alldem. Ich wäre froh, wenn ich mich auch nur halb so schlecht benehmen könnte wie sie. Vielleicht war sie der Meinung, ich habe zu viele Bäume in den Garten gepflanzt. Ich meine, Brian hätte ja auf jeden davon klettern können und wäre nicht mehr runtergekommen. Und nirgendwo eine Feuerwehr in Sicht, die ihn retten könnte.«

Herings Mutter schüttelte den Kopf, aber sie musste lachen. »Du bist eine Nudel, wirklich, genau wie dieser Jackson. Aber danke, trotzdem. Sie mag dich, genauso wie ihn. Du wirst ihr fehlen, wenn du nach Hause darfst.« Ein Schatten huschte über ihr Gesicht, als wäre allein die Erwähnung des Begriffs »nach Hause« wieder etwas, das ihr Sorgen bereitete.

»Ich gehe besser mal wieder rüber zu ihr. Der Himmel weiß, was sie als Nächstes anstellt.«

»Darf sie bald nach Hause?«

Herings Mutter presste die Lippen zusammen und schien über die Antwort nachzudenken. »Sie müssen noch ein paar Sachen ausprobieren. Ihre Blutzellen sind alle hinüber, und na ja, wer weiß. Bis dann, Liebes. Pass auf dich auf.«

Am nächsten Morgen saß Megan mit ihrem Koffer im Besucherzimmer, während Mam mit Schwester Brewster redete. Ihr Bett war abgezogen, der Spind ausgeräumt, jedes Anzeichen dafür, dass Megan sich für fast hundertzwanzig Stunden hier aufgehalten hatte, war verschwunden, als hätte ein riesiger Staubsauger alles weggesaugt.

Einhundertzwanzig Stunden.

Und es hatte nur eine halbe Stunde gedauert, den Platz für den nächsten Patienten freizumachen.

Nach Hause.

Jetzt, wo sie wussten, dass Megan unterwegs war, simsten Gemma und die Zwillinge wie die Weltmeister. *Wir sterben vor Ungeduld, bis du endlich kommst*, schrieben die Zwillinge. Ein merkwürdiges sprachliches Bild. Unter diesen Umständen. Sie wollten alles über die Ärzte wissen. Die männlichen Ärzte, wohlgemerkt. Sahen die gut aus? Und ob sie nicht in einen von ihnen verknallt war? Das sagte eigentlich alles über die Zwillinge aus.

☺, kam von Gemma, was ebenfalls alles über sie aussagte.

»Gut, Megan.« Schwester Brewster stand an der Tür. Sie sah noch größer aus … vielleicht lag das an den niedrigen Sitzen im Warteraum. »Du hast deinen nächsten Termin, wir erwarten dich dann. Irgendwelche Fragen?«

»Wird Jackson hier sein, wenn ich wiederkomme?« Bitte lass ihn nächstes Mal wieder da sein. Wenn der Krebs sie nicht erwischte, dann starb sie vermutlich an Langeweile.

Schwester Brewster überlegte. »So aus dem Kopf heraus kann ich das nicht sagen.« Offenbar war Megan ihre Enttäuschung anzusehen. »Ich weiß, dieser Ort ist nicht der gleiche, wenn er nicht da ist. Zwar läuft alles glatter, das schon, aber mach dir keine Sorgen, du siehst ihn bestimmt wieder! Er ist ständig drin und wieder draußen.« Sie verschränkte ihre Hände. Nichts mehr über Jackson. »So, nach Hause! Aufgeregt?«

»Es ist bestimmt gut, wieder in meinem eigenen Bett zu schlafen.« Megan versuchte, sich an ihr Zimmer zu Hause zu erinnern, aber sie schaffte es nicht. Es war, als wäre sie jahrelang fort gewesen, nicht nur für ein paar Tage.

Sie konnte sich nicht an die Farbe ihrer Wände oder ihrer Bettdecke erinnern. Oder an ihre Vorhänge oder die Bilder. Alles war irgendwo in ihrem Kopf weggeschlossen und wollte nicht mehr hervorkommen.

Vielleicht war das so, wenn man einen Tumor hatte.

Geist-tötend.

Mam lächelte. »Ich freue mich schon so darauf, dich wieder zu Hause zu haben, und uns erwartet ein volles Haus!«

Megan sah sie an. »Wie das?«

»Ist ein Geheimnis.« Mam grinste.

In diesem Moment entstand Unruhe auf dem Flur. Sie wandten sich um. Es war Hering. Sie trug einen hellroten Wollhut. Ihre Mutter schob sie in einem blauen Rollstuhl näher.

»Darf Megan nach Hause?«

»Ja.« Megan ging zur Tür.

Hering sah irgendwie ganz klein aus, ihre Haut war so dünn, als wäre sie fast gar nicht da.

»Ich wollte gerade rüberkommen und dich noch mal besuchen, Tschüs sagen. Wohin gehst du?«

»Sie muss zum …«

»Mam! Megan ist *meine* Freundin!«, schnappte Hering. Ihre Mutter wandte den Blick ab, sie errötete. »Ich muss zum Röntgen.«

Also waren sie doch zumindest noch Freundinnen – Hering hatte Megan verziehen, dass sie den Garten gebastelt hatte, mit so vielen Bäumen, auf die Brian klettern konnte. Falls das der springende Punkt gewesen war. Ihr war vergeben, dass sie ein kleines Mädchen hatte aufmuntern wollen und damit so kläglich gescheitert war.

»Röntgen? Na ja, wir wissen natürlich alle, wie das ist …«, sagte Megan.

»Langweilig.«

Schwester Brewster lächelte. »So, Megan muss jetzt mal nach Hause, Hering. Los, auf geht's!«

Das kleine Mädchen winkte und gab ihrer Mam das Kommando, sie den Flur hinunterzuschieben.

ACHT

An der Tür klebten Luftballons. Drei leuchtend gelbe Ballons jeweils mit der Aufschrift »Willkommen«, »zu Hause« und »Megan«. Mam strahlte über das ganze Gesicht, wich dann aber mit einem Augenzwinkern zur Seite. »Die Ballons waren nicht meine eigene Idee, übrigens.«

»Wer dann …? Dad? Ist er wieder da?«

»Er hat Urlaub bekommen und wird in ein paar Tagen hier sein, aber – nein. Es war auch nicht seine Idee. Du musst einfach mal abwarten. Komm, wir tragen die Sachen ins Haus. Geh vor. Und ich möchte, dass du dich aufs Sofa legst. Du siehst müde aus.«

»Mir geht's gut.«

»Keine Widerrede. Ich hole deine Tasche aus dem Auto.«

Megan machte die Tür auf und der vertraute Geruch von zu Hause schlug ihr entgegen. Der Lavendelweichspüler, den Mam für die Wäsche benutzte, die Politur, mit der sie die Möbel besprühte. Alles war blitzeblank und sauber, als würde hier ein Stargast erwartet.

Hatte sie das alles für Megan vorbereitet? Weil sie wieder nach Hause kam?

Megan sah zum Sofa. Da lagen schon ein Kissen und eine Decke. Auf dem Beistelltisch stapelten sich ihre *Friends*-DVDs.

Ein Päckchen bunte Lakritzmischung. Alles für sie vorbereitet. Als wäre sie von zu Hause weggelaufen und dann doch wieder zurückgekommen, und alles müsste jetzt perfekt sein, damit sie bloß nicht noch einmal weglief.

Oh, Mam.

Und sie war verwirrt. Wo waren die anderen? Von einem vollen Haus konnte nicht die Rede sein. Wovon hatte Mam bloß vorhin geredet?

»Ich mache uns was zu trinken«, rief Mam durch die Wohnung. »Möchtest du eine Tasse Tee? Oder Kakao?«

»Nein, danke.«

»Saft?«

»Ich brauche nichts, Mam.«

Megan blieb mitten im Wohnzimmer stehen und lauschte auf das Haus und all seine Geräusche. Sie hörte spielende Kinder auf der Straße, ihr Kreischen, ihr Rufen, ihre kleinen Streitereien. Sie hörte, dass jemand einen Fußball herumkickte. Sie ging zum Fenster und sah hinaus. Die drei Kinder aus dem Nachbarhaus spielten mit den beiden aus der Nummer 5. Sie tobten den Gehweg hinauf und hinunter, bis sie mit einem Warnruf auseinanderstoben. Der Wagen der Bakers kam, wendete auf der Ausfahrt von Nummer 19.

Megan hatte den Babysitterjob bei den Bakers gerade erst angenommen, als sie wegen ihrer ständigen Schwindelattacken wieder aufhören musste. Ihre Tochter war erst zweieinhalb und nannte sie Meline, und jedes Mal musste Megan dann an diese großen grünen und roten Melonen denken, die mit den vielen Kernen. Sie konnte diese Früchte nicht ausstehen.

Die Bakers hatten ihr eine Karte von ihrer Tochter geschickt.

Auf der Vorderseite klebten lauter zusammengeknüllte Zettel und die Innenseite war mit Buntstiften vollgekritzelt. Megan hatte sie mit den ganzen anderen Karten an die Wand hinter ihrem Bett geklebt. Sie hatte dafür Blu-Tack verwendet, und als sie die Karten abriss, blieben an der ganzen Wand kleine blaue Reste zurück. Ihr war nicht klar, was das Reinigungspersonal dazu sagen würde.

Megan zählte die Kinder auf der Straße. Jetzt waren es zehn. Sie ertappte sich dabei, dass sie sich fragte, wie viele davon später einmal mit Krebs im Krankenhaus liegen würden oder ob sie in dieser Straße die Einzige bleiben würde.

»Ene.« Sie legte ihren Finger auf das Glas und zeigte auf den blond gelockten Jungen. »Meene.« Das rothaarige Mädchen. »Miste.« Das dunkelhaarige Mädchen mit den langen Zöpfen. »Ene, meene, miste, es …«

Das Auto von Nummer 7 wendete in der Einfahrt und die Kinder stoben auseinander wie trockenes Laub. *Es …*, dachte Megan. *Ich.*

Und dann stieß Gemma die Tür auf.

Gemma grinste und fiel Megan in die Arme.

»Hi!«, sagte sie, als wären sie nie getrennt gewesen, als hätte sie Megan niemals nicht im Krankenhaus besucht. Als hätte es niemals einhundertzwanzig Stunden ohne Freunde gegeben.

Die Zwillinge hielten sich im Hintergrund, wie zwei scheue Rehe.

Das war jetzt also das volle Haus.

»Hi, Megan. Wie fühlst du dich?« Das war Frieda.

»Gut? Oder schlecht? Fühlst du dich schlecht? Du siehst gar nicht so schlecht aus.«

Das war Stacey.

Beide runzelten hinter ihren Ponyhaaren angestrengt die Stirn, als sei es zu schwierig, diese wenigen Worte auszusprechen, als hätte es ihnen die Sprache verschlagen.

Die Zwillinge?

Die Sprache verschlagen?

»Mir geht's ganz gut«, antwortete Megan. »Kommt ihr nicht rein?«

Die Mädchen schlurften verlegen ins Zimmer. Sie waren so identisch, dass sogar ihre Bewegungen und Gefühle synchron abzulaufen schienen. Heute wirkten sie panisch. Sie starrten Megan an, als sei sie eine Bombe kurz vor der Explosion oder als übertrage sie die Pest.

Gemma berührte Megans Arm. »War es schrecklich?«

»Nein, eigentlich nicht ... Es war ...«

»Tut uns leid, dass wir dich nicht besucht haben oder so was, aber na ja. Wir haben die Luftballons hergebracht. Findest du sie gut?«

Stacey machte ein Gesicht, als hielte sie die Ballons für eine schlechte Idee.

Megan versuchte zu antworten.

»Wann kommst du wieder in die Schule?«, schaltete sich Frieda in diesem Moment ein. »Ich meine, du hast ja so viel Stoff verpasst. Musstest du dort was für die Schule machen? Kommst du morgen wieder?«

Sie ließ sich auf einen Stuhl fallen.

Einen Moment lang herrschte Schweigen. Megan hoffte, es würde noch eine Weile anhalten. Sie wünschte, sie würden einfach alle wieder gehen.

»Sie kann doch morgen nicht wieder in die Schule, du Dummkopf, sie kommt schließlich gerade aus dem Krankenhaus!« Stacey fiel auf einen zweiten Stuhl.

»Ja, aber wir haben Sport!« Frieda schüttelte den Kopf, als seien alle Schwestern dämlich. »Und wir wissen doch, wie Megan ist, wenn es um Sport geht. Fußball …«

Sie saßen da und starrten Megan erwartungsvoll an. Gemma sagte nichts, spielte nur mit ihrem Ohrring, drehte ihn durch ihr Ohrläppchen.

»Ich glaube nicht, dass ich das kann. Ich habe ja noch den Port für den Tropf drin.«

Die Zwillinge blinzelten. »Wo?«

Megan tätschelte ihr Schlüsselbein. »Ist hier drin. Das muss drinbleiben, bis die Behandlung abgeschlossen ist. Es darf nicht nass werden.«

»Iiih!« Die Zwillinge tauschten Blicke. »Aber … bist du denn noch nicht fertig?«, fragte Frieda.

»Bist du es noch nicht los?« Das war Stacey.

Gemma schüttelte den Kopf. »Das war doch gerade mal die erste Behandlung. Das haben sie uns in der Schule erklärt, vergessen?«

»Haben sie?«, fragte Megan. Dann fiel es ihr ein. Mam hatte ihr erzählt, dass sie beim Direktor gewesen war. Aber der Gedanke, wieder hinzugehen, jetzt wo alle Bescheid wussten …

»Mrs Delaney hatte Krebs, und sie hat gesagt, sie hat eine Menge Behandlungen gebraucht. Also kann es bei dir auch so sein. Das haben sie uns erklärt.« Gemma warf einen Blick auf Megan. »Nur uns, weißt du. Nur unserer Klasse.«

»Ich meine, du siehst nicht sehr verändert aus«, sagte Frieda.

»Man würde das nie denken«, ergänzte Stacey. In ihrer Stimme schwang Verwunderung.

Megan ertappte die Mädchen dabei, wie sie heimlich ihre Haare beäugten. Selbst Gemma wirkte neugierig.

»Ist alles mein eigenes«, sagte Megan und zog kräftig an einer Strähne.

Die Zwillinge atmeten deutlich auf.

»Gut«, sagten sie. Und standen auf. »Aber wir müssen jetzt wieder los. Mam sagt, wir sollen nicht so lange bleiben …« Sie suchten umständlich nach dem Geschenk, das sie mitgebracht hatten. Eine Schachtel Pralinen. »Nur für den Fall, dass es dir nach unserem Besuch schlechter geht.«

Megan musste lächeln.

»Also, wann kommst du jetzt wieder in die Schule?«, fragten die Zwillinge.

»Keine Ahnung. Vielleicht nächste Woche. Ich habe noch die Aufgaben, die sie mir geschickt haben.«

»Wenn du noch mehr brauchst, bringe ich es dir«, bot Gemma an. »Jederzeit.«

Die Zwillinge waren schon an der Tür. »Irgendwelche süßen Ärzte? Es gibt immer charmante Ärzte.«

Megan sah das Personal der Station vor sich. Die Bilder, die sie von ihnen gezeichnet hatte. Der Froschmann. Der groß gewachsene, schlaksige Arzt mit den kurz geschorenen Haaren, der wie ein Borstenpinsel aussah.

»Klar, jede Menge«, sagte sie. »Wenn's einem zu langweilig wird, sich den eigenen Arm abzuknabbern.«

Als sich die Haustür mit einem lauten Knall hinter den Zwillingen geschlossen hatte, herrschte einen wunderbaren Moment lang paradiesische Ruhe. Das ganze Haus schien aufzuatmen, erleichtert zu seufzen, dann kamen die alltäglichen Geräusche nach und nach zurück. Mam in der Küche. Die Uhr auf dem Kaminsims.

Megan machte es sich mit Gemma auf dem Sofa gemütlich und sie sahen sich ein paar Folgen von *Friends* an. Sie lachten an den Stellen, an denen sie immer lachten, und dabei fühlte es sich gar nicht so witzig an. Jetzt nicht mehr. Den Hauptpersonen passierten so dämliche Dinge. Sie wirkten wie wandelnde Leserbrief-Seiten. Nichts davon echt.

»Bist du müde?«, fragte Gemma. »Ich kann noch dableiben. Oder gehen.«

Megan schaltete den Fernseher aus. »Ich weiß nicht. Ich fühle mich, als hätte mich gerade irgendwas ganz Großes und Schweres überfahren.«

Gemma kicherte. »Das waren wohl die Zwillinge.«

Megan lächelte, aber sie war müde. Sie schloss die Augen und dachte darüber nach, was sie für den Rest des Tages tun sollte, den Rest der Woche und all die Wochen, bis sie zurück ins Krankenhaus fahren und Jackson wiedersehen würde.

Es war ein totales Durcheinander. Sie wollte nie wieder ins Krankenhaus zurück, aber – wo konnte sie ihn dann jemals wieder treffen? Es war so, als ziehe eine dicke, schwarze Wolke ganz langsam auf einen zu, und man beobachtete sie und wünschte sich, sie wäre schon da, denn es sollte direkt über einem regnen, den Regen würde man spüren, auf der Haut würde man ihn spüren, er wäre wirklich echt.

»Ich glaube nicht, dass ich wieder in die Schule kann. Noch nicht. Das ist zu viel. Wie die Zwillinge.«

Gemma sah sie besorgt an. »Ist alles in Ordnung? Soll ich deiner Mutter Bescheid sagen?«

Nicht Mam. Sie brauchte jetzt nur einen: Jackson.

»Mir geht's gut. Aber ich glaube, ich muss jetzt schlafen. Ist das in Ordnung?«

»Ja, klar. Ich gehe jetzt. Soll ich dich später anrufen? Oder rufst du mich an?« Gemma drückte sie ganz fest. Es fühlte sich zu fest an, als gebe sie sich zu viel Mühe.

»Ich ruf an«, sagte Megan. »Es kann sein, dass ich bis morgen schlafe. Ich bin völlig kaputt.«

Oder vielleicht würde sie schlafen, bis sie wieder in die Klinik zurückkonnte. Bis sie Jackson wiedersah.

NEUN

Es dauerte länger als erwartet, bis sie Jackson wiedersah. Eine ganze Behandlung länger. Sie durfte noch einmal nach Hause, ging ein paar Wochen in die Schule – Wochen, die sich wie Jahre anfühlten. Sie wollte nicht an die Schule denken oder an Gemma und die Zwillinge, an all die sinnlosen Dinge, über die sie reden wollten, als könnten sie über nichts nachdenken als über Jungs und Klamotten und Bauchnabelpiercings.

Das war alles nur Müll, alles.

Als sie Jackson auf der Station entdeckte, in seinem alten Zimmer, musste Megan unwillkürlich lächeln. Das war richtig. Dieses Gefühl. Allein ihn wiederzusehen. Wenn sie zu Hause war, fühlte sie sich, als hinge sie zwischen zwei sehr hohen und sehr breiten Bäumen und hätte keine Möglichkeit, ohne eine ziemlich harte Landung auf den Boden runterzukommen. Allein bei Jacksons Anblick fühlte sie sich leicht wie eine Feder, sie schwebte einfach herunter.

Allerdings schien Jackson nicht so sehr darüber erfreut zu sein, sie wiederzusehen. Zum ersten Mal fragte sie sich, ob er wohl eine Freundin hatte, jemand, mit dem er sich getroffen hatte, als er zu Hause war, irgendein hübsches, gesundes Mädchen, das nicht krebskrank war. Jemand, der ihn nicht daran erinnerte, woran er selbst litt.

Jemand, der Krebs hatte, bildete sich vielleicht ein, andere würden ihn besonders mögen, selbst wenn dies gar nicht der Fall war.

Aber wenigstens war sie jetzt hier, saß in Jacksons Zimmer und versuchte ihn zu überreden, dass sie ihn zeichnen durfte.

»Fast alle anderen habe ich schon gezeichnet. Möchtest du die Bilder sehen?«

Jackson zeigte keinerlei Interesse. Er lag mit geschlossenen Augen auf dem Rücken.

»Also, darf ich dich zeichnen?«

»Muss ich mich dabei bewegen?«

Megan kicherte. »Nein.«

»Dann von mir aus.«

Großvater hatte nach ihren Zeichnungen gefragt. Er hatte gesagt, solange sie nicht Fußball spielte, sollte sie so viel wie möglich zeichnen. Sie konnte eine richtige Künstlerin werden, wenn sie ausreichend übte. Und er wollte einige ihrer Bilder sehen – sie musste ihm welche schicken. Sie konnte ihm das hier schicken, von Jackson.

Schwester Brewster sah herein. Ihr war offenbar nicht klar, dass er nicht allein war.

»Ach, du bist da.« Sie wartete nicht auf eine Reaktion. »Schön, dich wiederzusehen, wie immer, aber klar, wenn du mal wieder einen Ausflug planst, dann gib uns vorher einen Tipp. Ich weiß, wir hatten es in den letzten Wochen viel zu leicht, aber ehrlich gesagt haben wir es lieber leicht als schwer. Nimm Megan mit. Sie ist doch irgendwo in der Nähe. Die hält dich davon ab, dir …« Sie zuckte ein bisschen zusammen und ein Schatten zog über ihr Gesicht. Genauso schnell war er wieder verschwunden. »… Schwierigkeiten einzuhandeln. Du bist ja da. Hallo.«

»Hi«, sagte Megan von ihrem Zeichenplatz hinter der Tür her. Sie hielt ihren Skizzenblock auf dem Knie, der Tropfständer stand neben ihr.

»Er taugt nichts als Modell.«

Schwester Brewster schien davon nicht überrascht. »Also, nimm Megan mit, ja? Damit wären wir alle hier oben glücklicher.« Sie betrachtete Jackson, der offenbar nicht zuhörte. Megan stieß ihn mit dem Fuß an.

Jackson seufzte. Entweder wollte er gar nicht, dass Schwester Brewster sich einmischte, oder es gefiel ihm nicht, dass ihn jemand auf seinen Spaziergängen begleiten sollte, als würde ihn das aufhalten oder alles viel komplizierter machen.

Einen Moment lang dachte Megan, er würde sich vielleicht einfach weigern.

»Na gut«, sagte er und verdrehte die Augen. Er gab sich nicht einmal die Mühe, sein übliches Grinsen aufzusetzen, mit dem er sonst jederzeit die Wogen glätten konnte. »Gut, dann gehen wir später … in den Altbau. Den kennt Megan noch nicht.«

»In Ordnung, aber bleibt nicht so lange weg. Wir haben weder die Zeit noch genügend Personal, um einen Suchtrupp loszuschicken.« Und damit verschwand sie.

»Verpiss dich, Pluster«, murmelte er.

Megan hatte das Gefühl, sie sei plötzlich in ein vollkommen anderes Gespräch geraten.

»Was ist los?«

Jackson schüttelte den Kopf, sagte aber nichts, starrte nur an die Decke.

»Sie versucht doch nur, dir klarzumachen, wie es geht«, fuhr Megan fort.

Immer noch keine Reaktion.

»Ist irgendetwas passiert?«

»Nichts. Nichts ist passiert.«

Schweigen.

Megan ließ ihre Finger über die Ränder ihres Skizzenblocks gleiten. Er hatte jede Menge Seiten. Das ganze Ding fühlte sich stabil an, zuverlässig, als würde es jederzeit den Zweck erfüllen, für den es bestimmt war. Wie Bäume. Felsen.

Was war mit Jackson los?

»Als ich letztes Mal hier war«, sagte sie – ihr war bewusst, dass sie beinahe stotterte –, »war niemand da. Niemand, mit dem ich reden konnte. Siobhan hatte Urlaub. Und es waren neue Schwestern da. Neue Patienten. Alles. Ich hätte mich sogar mit Becky und Laura unterhalten, aber die waren nicht da, weil ihr kleiner Bruder nach Hause durfte, und Hering auch nicht. Aber ich glaube, sie ist wieder hier.«

Jackson schien überhaupt nicht zuzuhören, aber er wandte ihr seinen Blick zu.

»Warst du denn jetzt wieder in der Schule?«

»Mal kurz«, antwortete sie. »Nach meiner letzten Behandlung. Gewöhnt man sich eigentlich an die Chemo? Letztes Mal war ich nicht mehr so müde.« Keine Antwort. »Jedenfalls war ich nur halbtags im Unterricht.«

Sie hatte es gehasst. Jede einzelne Sekunde.

Mam hatte sie am ersten Tag zur Schule gebracht und sie war beinahe in Panik ausgebrochen. Sie hatte völlig erstarrt auf dem Autositz gesessen.

Es wurde nicht besser.

»Ich habe da eine Freundin, Gemma«, fuhr Megan fort. »Mit ihr war es richtig gut, aber wir haben nicht immer dieselben Unterrichtsstunden. Und dann sind da noch Stacey und Frieda.« Sie schüttelte den Kopf. »Sie sind wirklich nett, aber sie behandeln mich, als wäre ich … ich weiß nicht was … irgendein Tier aus dem Zoo. Und die ganzen anderen. Sie warten nur darauf, dass mir die Haare ausfallen oder dass ich plötzlich grün anlaufe.«

Jackson nickte, als wäre ihm das alles sehr vertraut.

»Ich habe mich darauf gefreut, hierher zurückzukommen. Das klingt bescheuert, aber es stimmt.«

Zurück auf der Station, wo sich keiner darum kümmerte, wie man aussah oder ob es einem beschissen ging. Hier waren alle gleich. »Warst du in der Schule?«

»Mal ja, mal nein«, antwortete Jackson. »Ich gehe hin und gehe wieder nicht hin, das sind die gewöhnt. Und ich mache fast nichts für die Schule. Sie zwingen mich nicht dazu. Der Krebs hat auch seine guten Seiten.«

Megan wartete auf sein typisches Grinsen. Es kam nicht. Irgendetwas tief in ihr drin begann nervös zu flattern. Was war denn mit ihm los? Warum war er so schlecht drauf?

»Jemand hat mich gefragt, ob ich schwanger war«, erzählte sie in der Hoffnung, es würde bei ihm ein Lächeln hervorrufen. »Weil ich so lange gefehlt habe.«

Immer noch Schweigen. Megan sah Jackson prüfend an. Er wirkte gelangweilt, offenbar wollte er sie nicht hierhaben. Er wollte sie überhaupt nirgends dabeihaben.

Sie sammelte ihre Zeichensachen ein und stand entschlossen

auf. Dabei versuchte sie, nicht daran zu denken, dass er sie einmal geküsst hatte, als würde er sie mögen. Sie versuchte, nicht gekränkt zu sein.

»Holst du mich nachher ab?«, fragte sie. »Später? Wenn dir danach ist?«

Megan wartete an der Tür. Was würde sie tun, wenn er das ablehnte?

Endlich sah Jackson auf. »Ja, mach ich.«

Der Krankenhausaltbau schien nur aus grün gekachelten Fluren zu bestehen. Er wirkte wie ein einziges Labyrinth. In der Wand waren hohe Fenster eingelassen, mit Simsen, die so breit waren, dass man sich draufsetzen konnte, und ihr Glas war in kleine Scheiben aufgeteilt, durch die man die roten Backsteingebäude in allen Größen und Formen überblickte. Dumpfes Abendlicht kämpfte sich durch das Fensterglas.

Megan und Jackson wanderten an dunklen Seitenfluren mit bogenförmigen Eingängen vorbei, die wie Tunnel aussahen. Der Flur neigte sich leicht, sodass man das Ende kaum erkennen konnte. Auf den Schildern stand Rheumatologie, Endokrinologie, Pathologie, Hämatologie.

Jackson war schweigsam. Wie versprochen hatte er Megan in ihrem Zimmer abgeholt, ihr mitgeteilt, dass er einen Spaziergang unternehmen würde und auf sie wartete. Sie verzieh ihm seine schlechte Stimmung und freute sich, aber jetzt machte es überhaupt keinen Spaß. In Wirklichkeit wollte er gar nicht, dass sie ihn begleitete. Er nahm sie nur mit, weil Schwester Brewster es von ihm verlangt hatte. Das war offensichtlich.

»Wohin gehen wir eigentlich?«, fragte Megan.

»Keine Ahnung«, sagte Jackson. »Ich bin noch nie bis ganz ans Ende dieses Flurs vorgedrungen.«

Sie waren schon einige Zeit unterwegs, stießen ihre Tropfständer vor sich her.

Ein Arzt kam vorbei, sein weißer Kittel flatterte um ihn herum, um seinen Hals baumelte ein Stethoskop. Er schien sich in seiner eigenen Welt zu bewegen. Fünf Minuten später humpelte ihnen eine Frau mit einer Krücke entgegen, sie schien aus dem Nichts aufzutauchen. Sie war von plumper Gestalt, Haare wuchsen auf ihrer Oberlippe, ein Rattennest aus weißen Haaren saß auf ihrem Kopf und ihre Miene strahlte vollkommene Ratlosigkeit aus.

»Hast du vielleicht die augenärztliche Abteilung gesehen, Liebes?«, keuchte sie. »Ich habe mich offenbar verlaufen.«

Megan warf Jackson einen fragenden Blick zu, aber der schüttelte den Kopf und zuckte mit den Schultern. »Die Opfimologie suche ich«, fuhr die Frau fort. Sie hielt ihnen ein Terminkärtchen unter die Nase.

»Oph-thal-mologie«, las Megan.

»Genau, Liebes. Opfimologie.«

»Hier steht, das ist im Spencer-Gebäude. Wo ist das denn, Jackson?«

Er war schon ein bisschen weitergegangen, als würde ihn nichts interessieren außer diesem Flur, dessen Ende er noch nie erreicht hatte.

Eine schick gekleidete Frau näherte sich, ihr Haar war zu einem dicken, silbernen Zopf geflochten. An ihrer Jacke haftete ein Namensschild. Die wusste garantiert, wo das Spencer-Gebäude war.

»Es geht um diese Dame hier«, erklärte Megan. »Wir selbst wissen ja, wo wir hinwollen.«

»Aber die Kinderstation liegt am anderen Ende des Krankenhauses, oder?« Das war weniger eine Frage als eine Feststellung und ließ darauf schließen, dass diese Frau mit dem Namensschild vermutete, sie beide führten etwas im Schilde. »Was macht ihr denn so weit hier unten?« Die Frau musterte Jackson genau. »Bist du nicht dieser Junge, der …?«

Megan hob die Augenbrauen. Der Junge, der was?

Die alte Frau, die nach der Ophthalmologie suchte, lächelte wieder verwirrt. »Sie zeigen mir doch jetzt, wo ich hinmuss«, bettelte sie. »Ich komme ja viel zu spät!«

Einen Moment lang blitzte im Gesicht der Frau mit dem Namensschild etwas auf, als hätte sie noch eine Menge zu sagen. Aber es war nicht der richtige Moment. Sie wandte sich an die alte Frau.

»Ja natürlich, meine Liebe.«

Und sie gingen davon, aber erst, nachdem die Frau mit dem Silberzopf die beiden Jugendlichen noch einmal mit einem sehr misstrauischen Blick bedacht hatte.

»Die ist vielleicht neugierig«, sagte Megan, als die beiden verschwunden waren. »Mit ihrer Aktentasche und allem. Wahrscheinlich eine Sekretärin oder so was.«

»Oder eine Putzfrau.«

Megan sah Jackson an. Endlich lächelte er. Grinste sogar.

»Kloputzfrau«, verbesserte sie.

Während sie wieder den Flur entlangwanderten, stuften sie den Rang der Frau immer weiter herunter bis zur Kakerlake und beließen es dann dabei.

Es war anstrengend, dieses ziellose Wandern. Megan entdeckte silberne Schweißperlen auf Jacksons Haut. Er ging langsamer, unsicherer als zu Anfang.

»Alles in Ordnung?«

»Neues Medikament«, sagte er nur.

Megan war froh, als sie zwei Stühle vor der Wäscherei entdeckte. »Wir sind zu weit gegangen.« Sie fing an, sich über den Rückweg Sorgen zu machen. Der Gedanke, wieder in die Sicherheit der Station zurückzukehren, war so verlockend, dass sie wünschte, sie könnten auf einem dieser kleinen quietschenden Wagen, wie die Pförtner sie schoben, einfach mitfahren.

»Was hat diese Frau eigentlich gemeint?«

»Wer?«

»Die Frau mit dem Zopf. Warst du nicht der Junge, der ...? Der was getan hat? Hast du noch mehr angestellt?« Jackson schüttelte den Kopf, seine Miene war plötzlich versteinert. »Okay, okay, ich will's gar nicht wissen. Geht mich ja nichts an.«

Später, als sie immer noch auf den Stühlen saßen, schlug Jacksons Laune so schnell wieder um, wie das nur bei ihm möglich war. Der Schmetterling. Er war endlich wieder fröhlich, erzählte Megan alles darüber, wie sein Großvater Trompete gespielt hatte. Mitten im Satz brach er ab und zog seinen »berühmten« Hut vom Kopf, betrachtete ihn.

»Was ist los?«, fragte Megan.

»Nichts. Aber das ist doch ein cooler Hut, oder?«

Der Hut war alt, er war ziemlich schmuddelig, jedenfalls war er nicht cool. »Wenn ich ihn aufsetze, dann habe ich das Gefühl, mein Uropa ist hier, verstehst du? Als wäre seine Musik immer noch hier.«

»Im Hut?« Megan schnappte Jackson den Hut aus der Hand und sah hinein, als könne sie die Musik entdecken.

Jackson nahm ihr den Hut wieder ab. »Als wäre er gar nie wirklich gestorben. Als wäre er immer noch hier.«

»Du meinst, so als eine Art Geist?«

Jackson schwieg einen Moment lang. »Na ja, so was Ähnliches.«

Megan wedelte mit den Fingern vor seinem Gesicht herum. »Huuuuuuuuh! Erzähl uns eine Gruselgeschichte, Jackson!« Sie ahmte den Tonfall einer Neunjährigen nach.

Jackson sah sie an. »Also, was ist mit deinem Großvater?«

»Was?«

»Hundert Jahre!« Er sprang wieder. Von Blüte zu Blüte.

»Beinahe«, antwortete Megan. »Er war während des Ersten Weltkriegs noch ein kleiner Junge.«

»Wow! Steinalt! Mein Urgroßvater könnte jetzt an die hundert sein, wenn er noch leben würde.«

Megan war nie aufgefallen, dass Großvater uralt war. Alt ja, älter als die Großväter von allen anderen Kindern, na und? Er war einfach Großvater.

»Ich krieg das nicht zusammen«, sagte Jackson. »Er ist fast hundert, und du bist wie alt, fünfzehn?«

»Vierzehn. Fast vierzehn«, sagte Megan. Es freute sie, dass er sie älter schätzte. Er sah zur Decke und nickte, als würde er zählen oder sich selbst etwas vorsingen. Das tat er oft, als würde in seinem Kopf andauernd Musik spielen. »Und deine Mutter, wie alt ist die?«

Megan rechnete im Kopf. »Siebenundvierzig, fast. Sie sagt, Großvater hat spät geheiratet.«

»Große Klasse!«

»Was? Spät heiraten?«

Jackson sah sie ernsthaft an. »Du lügst doch nicht, oder?«

Megan schüttelte den Kopf. Was hatte er im Kopf, worauf wollte er hinaus?

»Das heißt, er hat es immer noch gemacht, als er schon auf die fünfzig zuging.«

Megan musste ein, zwei Sekunden lang überlegen. Dann dämmerte es ihr. »Jackson!«

Er grinste und boxte in die Luft. »Ziemlich fit!«

»Nicht! Lass ihn in Ruhe.« Megan verbarg ihr Gesicht in den Händen, ihre Haare fielen nach vorne. »Du redest hier nicht über irgendwen, sondern über meinen Großvater!«

Dann musste sie gegen ihren Willen lachen. Es war schrecklich, dieses Gerede darüber, dass Großvater ES gemacht hatte, aber sie konnte sich nicht mehr beruhigen. Sie hatte Bauchschmerzen vor Lachen, Tränen liefen ihr aus den Augen, aber endlich saß der alte Jackson wieder neben ihr.

Schließlich konnte Megan ihn wieder ansehen, ohne in Gekicher auszubrechen. Er betrachtete sie mit halb geschlossenen Augen, mit so einem Lächeln, als wüsste er über solche Dinge Bescheid, als würde er gerade jetzt im Moment daran denken.

Megan fuhr sich mit der Hand in die Haare, strich sich umständlich die Strähnen aus dem Gesicht. Vielleicht würde er wieder seinen Arm um sie legen, hier und jetzt, mitten im Flur, vor den Leuten, die hier aus dem Nichts auftauchten. Sie sah ihm in die Augen. Es würde sie nicht stören, nicht mal, wenn das gesamte Krankenhauspersonal hier auftauchte. Wenn er wollte. Sie würde ihn nicht daran hindern.

Er lächelte immer noch, als hätte er das schon immer gewusst.

Megan runzelte die Stirn, ihr Herzschlag setzte einen Moment lang aus.

Irgendetwas fühlte sich merkwürdig an. Sie starrte eine ganze Weile auf ihre Hand, ohne zu verstehen, was passiert war.

Wem gehörte das denn?

Zwischen ihren Fingern hatte sich ein kleines Büschel braunes Fell festgeklemmt.

Nein. Das war kein Fell.

Wie sollte es denn Fell sein?

»Jackson«, flüsterte sie zitternd. Sie hielt ihre Hand hoch und sah, wie das Lächeln auf seinen Lippen erstarb.

»Gut«, sagte Jackson. »Los, zurück zur Station.« Er zog sie vom Stuhl hoch, seine Hand hielt die ihre fest umschlossen.

Megan starrte hinunter auf die gleichmäßig schwarzen Finger, die ihre eigenen Finger umklammerten. Ihre Hand sah daneben blass und klein aus. Sie fühlte sich schwach an. Sie gehörte ihr nicht mehr. Sie gehörte jetzt ihm, nicht ihr. Nichts war mehr am richtigen Platz.

Alles um sie herum verschwamm, ihr wurde schwindlig davon, von den Knien hinauf bis zum Magen, ihrem Herzen. Selbst ihr Atem schien in kleine Stücke zerbrochen.

»Es wird alles gut«, sagte Jackson. Seine Stimme klang ruhig und sicher. Er drückte ihre Hand. »Das passiert nun mal bei der Chemo.«

Eine Gruppe junger Ärzte tauchte auf, lachend wie ein Möwenschwarm. Sie hatten alle dichtes Haar auf dem Kopf, in allen Farben, gesundes, dichtes Haar. Haar, durch das man mit den Fingern fahren konnte, ohne dass es ausfiel. Sicher. Echt. Gesund.

Kein einziger Glatzkopf darunter.

Ihre weißen Kittel wirkten nagelneu, als wären sie gerade frisch ausgepackt, alle Bügelfalten makellos. Jeder hatte sich ein glänzendes Stethoskop um den Hals geschlungen, in ihren Taschen steckten dicke Notizbücher. Alles an ihnen war frisch, leuchtend. Unbenutzt.

Wie neue Autos in Ausstellungsräumen, Autos von der Sorte, die sich jeder gerne kaufen würde.

Megan fühlte sich, als wäre sie von Dellen und Kratzern übersät. Ein Auto, das bestimmt niemand kaufen wollte. Wie konnten die es wagen zu lachen, wo ihr doch die Haare ausfielen? Sahen sie ihr nicht an, dass sie Krebs hatte? Sahen sie nicht, was hier gerade passierte? Was waren das denn für Ärzte, denen überhaupt nichts an ihr auffiel?

»Studenten«, erklärte Jackson, der ihnen nachsah, als sie mit flottem Schritt um die Biegung verschwanden, sich ganz entfernten, bis man nur noch die letzten Zipfel ihrer Arztkittel flattern sah.

»Komm, wir gehen«, sagte Megan. Sie umklammerte immer noch Jacksons Hand. Sie wollte zurück in die Sicherheit ihrer Station, in die tröstende vertraute Umgebung ihres Zimmers. Sie wollte sich unter der Bettdecke verkriechen und nie wieder hervorkommen.

»Bitte, Jackson. Lass uns jetzt gehen.«

Irgendwie schaffte sie es, unterwegs nicht zu weinen. Irgendwie schaffte sie es, einen Fuß vor den anderen zu setzen, an nichts mehr zu denken. Irgendwie schaffte sie es, einzuatmen und auszuatmen. Schlimmer als Schulprüfungen. Schlimmer als beim Zahnarzt.

Sie redeten kaum miteinander, bis sie die Station erreichten.

Megan war beinahe erleichtert, als sie die rosaroten Zehennägel des Elefanten sah, froh, als ein Säugling schrie und ein Telefon klingelte.

Und da war Siobhan.

»Na, ihr beiden …« Die Schwester verstummte, sah auf ihre ineinander verschränkten Hände.

Megan versuchte, ihre Finger aus Jacksons Hand zu ziehen, aber er umklammerte sie noch fester. Sie blickte zu ihm auf und sah Trotz in seinem Gesicht, in seinen zusammengepressten Lippen, in dem Blick, mit dem er auf Siobhan hinuntersah.

»Dann seid ihr jetzt wieder da, ja? Die Schwester hat euch ja ein bisschen früher zurückerwartet.«

Jackson setzte zum Sprechen an, aber Siobhan unterbrach ihn sofort. »Sag mir nicht, wo ihr wart. Sonst müsste ich es vielleicht melden. Und nächstes Mal …« Eine Schweigepause folgte. Alle drei sahen einander an und wussten offenbar nicht, was sie sagen sollten. Schließlich lächelte Siobhan. »Egal. Wir haben Schichtwechsel. Bis dann.«

Megan musste gehen, musste über das nachdenken, was mit ihren Haaren passierte, musste weinen. Verzweifelt weinen. Sie ließ ihre Hand aus Jacksons Hand gleiten. Die Leere um ihre Finger fühlte sich an wie ein dumpfer Schmerz.

»Ich möchte jetzt schlafen«, sagte sie.

Jackson sah prüfend den Flur auf und ab und schien zufrieden. »Nicht jetzt, noch nicht. Ich krieg's hin.«

»Ich weiß nicht, was du meinst.«

»Mach dir keine Sorgen.« Jackson legte ihr den Arm um die Schultern, geleitete sie zur Tür ihres Zimmers und schob sie sanft hinein.

Megan sah sich in ihrem Zimmer um. Alles wirkte so vertraut, alles befand sich an der richtigen Stelle. Der Spind neben ihrem Bett, der kleine Schrank hinter dem Klingelknopf. Die Tür zu Dusche und Toilette, die ein bisschen offen stand, so wie sie sie hinterlassen hatte. Die Vorhänge hingen noch an ihren Schienen, flatterten ein ganz kleines bisschen im Wind, der durch das offene Fenster drang.

Nichts hatte sich verändert, seit sie zu ihrem Spaziergang mit Jackson aufgebrochen war.

Warum also hatte sie sich verändert? Nicht jedem fielen die Haare aus. Das hatte sie irgendwo gelesen. Oder nicht? Warum also konnte sie nicht eine von denen sein, denen das nicht passierte?

Sie wollte das nicht, dass ihr die Haare ausfielen. Aber der Beweis dafür war immer noch da, sie hielt ihn zwischen den Fingern eingeklemmt. Die Haare fielen aus.

Vielleicht hätte sie nirgendwo hingehen dürfen. Vielleicht wäre alles nie passiert, wenn sie bloß nicht diese alten Flure entlanggewandert wäre. Aber Schwester Brewster hatte ihnen gesagt, sie sollten ruhig gehen, damit Jackson nicht in Schwierigkeiten geriet, wie passte das zusammen?

Kurz darauf war er wieder da. »So … alle sind gerade beschäftigt …«, sagte er. »Dann rasieren wir sie ab.«

Er wedelte mit einem Rasierer herum, einem von der Sorte, wie Dad ihn für sein Kinn benutzte, mit mehreren Klingen.

»Meine Haare?«

Jackson nickte, als antworte er einem Schwachsinnigen, und wartete. Offenbar hatte er es nicht eilig.

»Mam wird durchdrehen«, sagte Megan. Schlagartig wurde ihr klar, wie unvermeidlich nun alles war.

»Und davon abgesehen«, fügte sie hinzu, während sie misstrauisch den Rasierer betrachtete, »wo hast du den her?«

»Ist doch egal. Deine Haare werden bald aussehen wie eine alte Fußmatte. Also bringen wir das in Ordnung, bevor es so weit ist. Deine Mutter wird sich freuen, du wirst sehen. Wie hättest du's denn gern? Den coolen kahlen Look oder den flauschigen Teppich?« Dann hielt er inne. »Schere. Ach so, und du musst dich erst mal auf so einen Stuhl setzen.«

Und er war wieder weg.

Megan saß auf der Kante eines Besucherstuhls. Sonnenstrahlen fielen durchs Fenster. Sie erwärmten ihre Haut, aber sie kamen nicht gegen die Kälte an, die ganz langsam in ihre Knochen kroch.

Mam und Dad sollten hier bei ihr sein, Großvater auch, und Gemma und Stacey und Frieda, alle sollten hier sein, die vielleicht irgendwie verhindern konnten, dass das hier geschah, die sie von hier fortbringen und irgendwo verstecken konnten. Aber sie alle befanden sich irgendwo im Inneren irgendeiner anderen Blase, schwebten in einem anderen Himmel, und es gab keine Möglichkeit, sie zu erreichen.

»Bist du so weit?« Jackson war mit der Schere zurück.

Megan fragte nicht. Was machte es für einen Unterschied? Was machte überhaupt irgendeinen Unterschied? »Nicht wirklich«, sagte sie. »Aber mach's trotzdem.«

»Du wirst super aussehen«, sagte Jackson und zog sich einen zweiten Stuhl heran. Er setzte sich hinter sie. Seine langen Beine ragten neben ihr auf wie Armlehnen. »Im Ernst.«

Sie schüttelte den Kopf. Sie würde entsetzlich aussehen.

»So, dann sehen wir mal.« Er fuhr ihr mit den Fingern durch die Haare, wie ein Friseur, fachmännisch. »Die könntest du gerade so verkaufen, weißt du das?«

»Ja genau. Und wer kauft Haare von jemandem, der Krebs hat?«

Sie fühlte sich schmutzig. Verseucht. In einem Anfall von Scham zog sie die Schultern hoch.

»Na, komm.« Jacksons Finger strichen ihr über den Kopf. Sie fühlten sich kühl an. Entspannend. Er massierte ihre Haut in kleinen, sanften Kreisen, um die Ohren herum, über und um die leichten Kurven und Ausbuchtungen ihres Schädels, über der Stelle, an der angeblich ihr Tumor saß, bis hinunter zu ihren Schläfen, versetzte sie in eine Art Schlaf. Ein angenehmer Schwindel erfüllte sie, sie hatte das Gefühl, sie würde jeden Moment vom Stuhl fallen. Sie umklammerte seine Schenkel mit den Händen, als wüsste Jackson, dass sie gleich fallen würde, er umfing sie, atmete sie ein, sodass nichts von ihr übrig war, als bewahre er sie vor jeglichem Kummer.

Megan schloss die Augen, lehnte den Kopf gegen seine Hände, ließ es zu, dass er sie an sich zog. Sie legte den Kopf an seine Brust und spürte ihn unter ihrer Haut, seine Knochen, das Brustbein, die Verdickungen seiner Rippen und sein Herz, das so heftig darunter klopfte, während ihr eigenes sich vollkommen tot anfühlte.

Dann brach ein heftiges Schluchzen aus ihr heraus, etwas, das ganz tief in ihr drin entstanden war, wie ein unterdrückter Schrei.

»Ist schon gut«, sagte er. »Schschsch.«

Und er fing an zu schneiden.

Als ihr die ersten Haarsträhnen in den Schoß fielen, nahm Megan sie in die Hand, zwang sich dazu, sie genau zu untersuchen. Wie weich die Haare waren – fast wie bei einem Säugling, und wie unterschiedlich gefärbt! Sie hatte immer gedacht, sie habe braune Haare, ganz schlichtes, gewöhnliches Braun, aber jede Strähne sah anders aus, jetzt wo sie von ihrem Kopf abgetrennt waren, jetzt, wo sie in ihrer Handfläche lagen. Es war, als hätte jede eine neue Farbe angenommen: rot oder golden, nicht nur braun.

Und das fiel ihr jetzt erst auf.

Weitere Haare sanken in ganzen Büscheln herab, von ihrem Kopf amputiert, einzelne Schnipsel fielen zu Boden. Jackson sang vor sich hin, während er unverdrossen weiterschnitt, ritsch-ratsch, ritsch-ratsch.

Vorbei mit dem Theater um die Haare. Keine Haarspangen mehr. Oder Haargummis. Kein Shampoo, keine Spülung. Kein Kräuseln mehr, kein Glätten.

Sie setzte sich wieder aufrecht hin, hielt Jacksons Beine umklammert.

Wieder wurde eine Handvoll Haare von ihrem Kopf weggezogen, die Klingen der Schere quietschten, als sei diese Arbeit für sie zu schwer, ihre Haare zu dick.

Megans Kehle begann zu schmerzen, sie konnte nicht schlucken. Ihr Blick wurde unscharf, alles löste sich in einem verwässerten Nebel auf. Nichts fühlte sich mehr echt an.

Die Klingen der Schere klappten auf und zu, auf und zu, unaufhaltsam arbeiteten sie sich knirschend durch ihre Haare. Was würden die anderen sagen, wenn sie Megan so sahen? Mam, Dad, Großvater, ihre Freunde? Sie würden sie ansehen, und sehen würden sie … jemand anderen. Sie war nicht mehr Megan.

Jackson schien vollkommen auf seine Aufgabe konzentriert. Er nahm eine weitere Handvoll Haare und schnitt sie durch. Megan beobachtete, wie alles, was sie ausmachte, was mitteilte, wer sie war, über ihre Schultern glitt und in Wellen zu Boden sank, wie Blätter, die der Wind aus einem sterbenden Baum fegt.

ZEHN

»Was glaubst du eigentlich, was du da machst?«

Schwester Brewster tauchte in der Tür auf. Jackson hatte gerade erst einen Schnitt mit dem Rasiermesser durchgeführt, aber es hatte sich überhaupt nicht gut angefühlt. Megan fragte sich schon beinahe, ob Jackson wirklich wusste, was er da tat.

»Sofort gibst du dieses Ding her!«

Das Spiel war aufgeflogen.

»Ich wollte dafür sorgen, dass sie wieder vorzeigbar ist«, erklärte Jackson und setzte sein charmantestes Lächeln auf. Schwester Brewster war allerdings nicht so leicht zu besänftigen. Sie streckte die Hand aus, wartete auf das Rasiermesser. »Es ist eine Sicherheitsklinge, da kann überhaupt nichts passieren.« Jackson schmollte jetzt, und als er den Rasierer abgab, war sein Lächeln versiegt.

Schwester Brewster schüttelte den Kopf. »Und Megan, ich hätte erwartet, dass du ein bisschen mehr Verstand hast. Wie kannst du bloß zulassen, dass Jackson mit so einem Ding in deine Nähe kommt?«

Sie schwenkte anklagend den Rasierapparat, ihre Miene war wütend, und sie zeterte weiter, über Sicherheitsvorschriften, über Gefahr durch scharfe Klingen. Hier auf der Station waren Säuglinge untergebracht und Kleinkinder, was um Gottes willen wäre gewesen, wenn …? Und wo um alles in der Welt hatten sie beide ihren Verstand gelassen?

Megan starrte auf ihre Hände. Sie schwieg, ihr Herz klopfte laut. Sie schloss ungläubig die Augen, als Jackson aufbegehrte. Seine Stimme war mürrisch, trotzig.

»Sie lässt doch auch die Ärzte an sich ran. Was ist daran vernünftig, bitte schön?«

»Wie bitte?« Schwester Brewster sah ihn direkt an.

»Lass, Jackson. Es ist schon in Ordnung.«

Jackson fuhr herum. Er funkelte Megan wutentbrannt an. »Nein, es ist nicht in Ordnung! Du lässt die Ärzte ran, warum nicht mich? Immerhin habe ich dir was Gutes getan!«

Megan stöhnte. Sie wusste, wann sie verloren hatten, es hatte doch keinen Sinn, den Stress noch in die Länge zu ziehen.

»Jackson …« Schwester Brewsters große Augen ruhten auf dem Jungen, ihr Mund war eine schmale Linie. Er hätte die Warnung in ihrem Gesicht erkennen müssen.

»Ihnen sind nie die Haare ausgefallen, oder? Sie hat man nie mit Spritzen vollgeballert. Nicht so wie uns. Und was bringt das Ganze?«

Irgendetwas in Jacksons Stimme ließ Megan aufhorchen. Sein Gesicht war starr wie Stein, nur die Nerven in seinen Wangen zuckten vor Zorn.

Schwester Brewster blieb ruhig. »Das ist alles wichtig, wie du sehr wohl weißt. Wenn hier jemand eine Spritze bekommt, dann aus gutem Grund. Wir machen so etwas ja nicht aus Vergnügen.«

»Aber was bringt es? Sagen Sie mir das!« Er funkelte Schwester Brewster an, in seinen Augen lag Hass.

Was machte er denn da?

Warum hörte er nicht auf?

»Es kann eine ganze Menge bringen, Jackson.« Schwester Brewsters Stimme veränderte sich leicht, wurde ein bisschen sanfter. »Es kann. Das weißt du.«

»So wie es Hering hilft?« Er spuckte den Namen des Mädchens aus.

»Wir wollen jetzt nicht über sie reden, Jackson.«

»Warum nicht? Sie hatten nichts dagegen, dass über sie geredet wurde, als ich mit ihr spazieren gegangen bin … Da haben Sie die ganze Armee losgeschickt, um uns zu suchen.«

Megan schluckte. Worauf wollte er hinaus? Was meinte er mit Hering?

»Ich glaube, es wird Zeit, dass du in dein eigenes Zimmer gehst, Jackson.« Schwester Brewster streckte den Rücken durch, sodass sie noch größer aussah als sonst, und hielt die Tür weit auf.

Siobhan kam dann, um alles in Ordnung zu bringen. Siobhan mit ihren langen schwarzen Haaren, die sie sich hochgesteckt hatte, sodass kleine Korkenzieherlöckchen ihr Gesicht umrahmten. Sie hatte milchweiße Haut und grüne Augen.

»Diese wundervolle Schieb-an«, sagte Großvater immer, »klingt, als wäre sie ein Engel.«

Einmal hatte Megan gesehen, wie sie auf der Station ankam. Sie war nicht im Dienst und trug Alltagskleidung, aber ihre Haare fielen locker über ihren Rücken wie bei einer Märchenprinzessin. An ihrer Hand steckte ein großer Verlobungsring mit einem Diamanten. Aus irgendeinem Grund hatte Megan damit überhaupt nicht gerechnet. Siobhan gehörte hierher auf die

Station. Dass sie draußen noch ein ganz anderes Leben führte, erschien ihr merkwürdig.

»Ihr beide!«, sagte Siobhan jetzt, während sie die letzten Haare wegkehrte. »Die Schreckenszwillinge, das seid ihr. Spielt uns bloß nicht noch mehr solche Streiche. Schwester Brewster kocht vor Zorn.«

»Jackson wollte mir nur helfen«, sagte Megan mit zitternder Stimme.

Siobhan wandte sich ihr zu und stemmte die Hände in die Hüften. »Wenn er dir das nächste Mal helfen will, drück auf diesen Knopf und ich kümmere mich persönlich um ihn.«

Die Haare verschwanden in einer Papiertüte.

Siobhan sah Megan eindringlich an, und dennoch lag Güte in ihrem Gesicht, Sanftheit in ihrer Stimme.

»Weißt du was?«, fragte sie. Megan schüttelte den Kopf. Sie wusste nur eins: Dass sie dumm gewesen war und Jackson auch. »Ich habe etwas, was dir gefallen könnte. Soll ich es holen?«

Alles war so merkwürdig – dass ihre Haare einfach so in dieser Tüte steckten, einer Mülltüte, die gleich in der Tonne landen würde. Die Luft fühlte sich so viel kühler an, ihr Kopf leichter, als gehöre er gar nicht zu ihr.

»Ja, gerne«, sagte Megan. Sie fühlte sich kleiner als zuvor, jünger, dümmer.

»Also, du siehst dich jetzt nicht im Spiegel an, bis ich zurückkomme. Versprochen?« Siobhan war schon an der Tür. »Du hast nicht wirklich eine Glatze, aber es sieht auch nicht ordentlich aus. Aber besser kriegen wie es im Moment nicht hin.«

Das Wort »Glatze« traf Megan wie ein Schock, aber das war doch Jacksons Absicht gewesen, oder? Sie wollte so gerne weinen, aber sie zwinkerte angestrengt, hielt die Tränen zurück. »Okay.«

Siobhan war im Handumdrehen zurück und brachte eine hellrote Baseballmütze mit. »Probier die an. Man kann die Größe verstellen.« Megan stülpte sich die Mütze auf den Kopf und fühlte sich sofort wohler. »Wenn du nach Hause kommst, geh zum Friseur. Zu jemandem, der das richtig macht.« Sie schwieg einen Augenblick lang. »Soll ich bei dir bleiben, bis du in den Spiegel gesehen hast? Du kriegst wahrscheinlich einen Schreck, so ganz ohne deine Haare.«

Ihre Stimme war so sanft, dass Megan sich wünschte, sie möge noch bei ihr bleiben. Sie wünschte, man würde sie in eine Decke einwickeln und festhalten, bis dieser Albtraum – denn plötzlich war es ein Albtraum – vorbei war. Aber nein, das war eine Sache, mit der sie alleine fertig werden musste. Es war ihre Schuld. Sie hatte Jackson gesagt, er solle es tun. Megan schüttelte den Kopf.

»Na gut. Du weißt, wo du mich findest.«

»Ja«, sagte Megan. »Danke.«

Siobhan lächelte wieder und ging aus dem Raum.

Megan hob die Tüte hoch, öffnete sie und starrte auf das schmutzige Durcheinander in ihrer Tiefe. Sie griff hinein, ließ die Haare über ihre Finger gleiten wie kurze Seidenfäden, dann verschloss sie die Tüte wieder, trug sie zum Mülleimer neben dem Waschbecken und ließ sie hineinfallen. Der Deckel schloss sich mit einem heftigen Knall, wie eine Gefängnistür, die ins Schloss fällt.

Hering selbst erzählte ihr dann die ganze Geschichte. Hering, die sich von ihrer Mutter im Rollstuhl in Megans Zimmer fahren ließ und diese dann wegschickte. Hering, die darum bat, Megans Kopf anfassen zu dürfen. Ihre großen Augen wirkten jetzt noch größer, und in ihnen lag tiefe Entschlossenheit, als sei sie sicher, dass keiner ihr einen Wunsch abschlagen würde.

»War Schwester Brewster sauer auf Jackson?«, fragte sie, während sie ihre Finger über Megans letzte Haarbüschel gleiten ließ. Es kitzelte.

»Auf uns beide. Und wenn ich nach Hause komme, wird Mam bestimmt genauso sauer auf mich sein.« Megan verdrehte die Augen, als wäre das nicht weiter schlimm. Es waren nur Haare.

»Jackson kriegt dauernd Ärger. Er ist sehr frech«, sagte Hering. In ihrer Stimme lag ein bisschen Stolz. Sie fuhr mit der Hand über Megans Kopf. »Kriegst du jetzt eine Glatze und kaufst du dir dann eine Perücke? Ich habe eine rosafarbene, aber die juckt.«

Megan ging davon aus, dass sie sich einfach eine Glatze rasieren lassen würde, es war kaum etwas zu retten. Sie würde direkt zu Mams Friseur marschieren und die Sache regeln. »Ich muss mal sehen.«

Hering lehnte sich seufzend zurück, als wäre es plötzlich langweilig, Megans Kopf zu befühlen, oder als sei es ein Versagen, nicht zu wissen, welche Art von Perücke man sich besorgen würde.

Megan setzte die rote Mütze wieder auf, fühlte, wie ihre Wärme sie umschloss. Sie warf einen kurzen Blick auf Hering. Es war merkwürdig, sie in einem Rollstuhl zu sehen, in einem richtigen, nicht in so einem, in dem man runter zur Röntgenabteilung gefahren wurde.

»Willst du zurück ins Bett?«

Hering zuckte mit den Achseln. »Nur Mam oder eine Schwester dürfen mich schieben.«

»Oh. Ist das wegen Jackson? Höre ich da etwa gleich eine längere Geschichte?«

Ein breites Lächeln. Und dann begann die Geschichte. Hering grinste, während sie erzählte, ihr Gesicht glitzerte beinahe, so viel Spaß hatte es gemacht.

Jackson hatte ein paar Kindern von Mr Henry erzählt, und jetzt wollten sie die Katze unbedingt sehen. Also bot er ihnen an, sie sollten auf der Station nach ihr suchen, und alle, die konnten, folgten ihm.

»Wie viele waren das?«

Hering schwieg einen Moment verwirrt und musste scharf nachdenken.

»Drei. Es waren drei. Und sie haben hinter allen Betten und in den Bädern nachgesehen«, sagte sie. »Aber er war nicht da. Und sie haben im Schrank mit den Kopfkissen gesucht, aber da war er auch nicht. Und Jackson war der Anführer …«

»Klingt wie der Rattenfänger von Hameln«, sagte Megan, die sich das alles genau vorstellte. »Das Märchen mit den vielen Ratten«, erklärte sie, als Hering sie ratlos ansah. »Und du bist mitgegangen?«

»Ich habe nur zugesehen. Meine Beine haben nicht mehr funktioniert, und ich bin hingefallen und alles hat wehgetan. Jackson hat gesagt, er würde mit mir richtig auf die Suche gehen. Nicht nur wie mit den Kleinen um die Betten herum. Durch das ganze Krankenhaus.«

Sie war immer noch ganz erfüllt von dem Erlebnis. Sie hatte die Station verlassen, mit Jackson, weg von all diesen Apparaten und den weinenden Säuglingen, den Speibecken, in die man sich übergab, von all den Ärzten und den Mahlzeiten, die nach Stinkesocken rochen und nach Pappe schmeckten, und von all den Leuten, die sie grüßten und anlächelten und ihr sagten, was für ein liebes Kind sie war, und das gar nicht so meinten, weil sie sich doch ständig schlecht benahm.

»Wo war deine Mutter?«

Kein Wunder, dass es Ärger gegeben hatte!

»Beim Friseur. Wir sind den ganzen Flur entlanggegangen bis zur Eingangstür, wo die Pförtner wohnen, und wir haben gesehen, wie die Krankenwagen reinfahren mit dem ganzen Geheule und dem Blaulicht und allem, und wir sind rausgegangen und haben uns das Gras angesehen und wir haben Vögel beobachtet. Und dann hat uns jemand gefunden und wir mussten wieder rein.«

»Habt ihr Mr Henry entdeckt?«

Hering schüttelte den Kopf. »Er hat geschlafen.«

Natürlich hat er geschlafen, dachte Megan. Eine Geisterkatze war tagsüber nicht wach, eine Geisterkatze, die wohl nur in Jacksons Geschichten existierte.

»Ihr hattet also euren Spaß?«

»Ja.« Auf Herings Gesicht erschien wieder ein breites Lächeln, das jedoch verschwand, als sie das Ende der Geschichte erzählte. »Schwester Brewster war total wütend. Alle haben nach uns gesucht.«

»Das kann ich mir vorstellen.« Megan runzelte die Stirn. Ihr fiel auf, dass Hering viel blasser war, als hätte das viele Reden sie zu viel Energie gekostet, sodass sie nun noch viel schlaffer in ihrem Rollstuhl hing.

Megan bekam ein bisschen Angst. Ihr Herz klopfte schneller. Sie spürte es in ihren Ohren.

»Bist du müde? Soll ich Siobhan holen? Hering? Musst du jetzt wieder rüber?« Sie streckte die Hand nach dem Klingelknopf aus.

»Ich bringe sie hin.« Da war Jackson.

Megan schüttelte den Kopf. »Du darfst nicht. Du hast schon genug Ärger. Ich hole eine Schwester.«

»Ich habe gesagt, ich bringe sie rüber.«

Herings Blick streifte Jackson nur einen Augenblick lang, aber in ihrer Stimme lag etwas Drängendes. »Ich möchte Brian sehen. Sagst du ihnen, dass ich Brian sehen will?«

»Das sage ich ihnen«, versprach Jackson.

»Sagst du es jetzt? Dass ich jetzt hingehen will?«

Aber wie sollte Hering nach Hause gehen? Musste sie nicht weiterbehandelt werden? Irgendetwas Neues, was sie ausprobieren wollten? Hatte ihre Mutter das nicht gesagt? Ihre Blutzellen waren vollkommen hinüber, hatte sie gesagt. Aber vielleicht hatten sie sich jetzt erholt. Und wenn nicht, wie konnte sie dann Brian besuchen? Er war zu Hause. Sie war hier.

Verstand Jackson denn überhaupt nichts?

Sah er denn nicht, dass er nur noch mehr Schwierigkeiten machen würde?

Und andererseits …

Hering lächelte jetzt beim Gedanken, dass sie bald ihr Kätzchen sehen würde. Megan konnte sie sich so leicht vorstellen, weit weg von hier, in ihrem richtigen Zuhause, auf einem Sofa vielleicht, mit Brian auf dem Arm. Sie würde seine winzige Nase küssen, und er würde schnurren und ein kleines bisschen die Krallen ausfahren, um ihr zu sagen, wie froh er war, dass sie nach Hause gekommen war, und er würde nie mehr auf Bäume klettern, von denen er sich retten lassen musste, weil Hering da war und ihn festhielt. Und es würde keine tickenden Apparate mehr geben, kein Piepsen, keine Schwestern oder Tropfgestelle oder Spritzen, nur ihre Mam, ihren Dad und ihren Kater.

Irgendetwas an diesem Bild war so perfekt, so richtig, dass Megan sich abwandte. Sie würde nicht versuchen, Jackson aufzuhalten.

»Bis dann, Hering«, sagte sie, als die beiden aus der Tür verschwanden.

Konnte man denn von den Behandlungen einfach genug haben? Konnte man von diesem Aufenthalt im Krankenhaus so die Nase voll haben, dass man einfach nach Hause gehen wollte, ganz egal, was dann passierte? Konnte man als Mädchen, das noch nicht einmal sieben Jahre alt war, wissen, dass nichts half? Die ganze Behandlung? Hatte Hering deswegen so schlechte Laune? Einen Moment lang ganz lieb, im nächsten Moment ein brüllender Berserker? Ein Mädchen, das seine Mutter so herumkommandierte?

Megan sah aus dem Fenster. Ein einsamer Vogel schwebte durch die Wolken, die in zottigen weißen Bahnen am Himmel hingen, als habe der Wind sie aufgeschüttelt und sie seien in dieser Formation festgefroren. Der Vogel war eine Möwe, beschloss sie, und sie beobachtete, wie er allmählich vom Himmel verschluckt wurde, weiß in weiß, bis nichts mehr übrig war.

ELF

Wieder war Megan im Krankenhaus. Sie hatte einen Operationstermin, und obwohl das bedeutete, dass damit vielleicht die Behandlungen ein Ende fanden, fürchtete sie sich davor, dass man ihr den Kopf aufschnitt. Was, wenn sie da drin etwas noch Schlimmeres fanden?

Sie beschloss, nicht darüber nachzudenken, und riss die Folie von einer der neuen Zeitschriften, die Gemma und die Zwillinge ihr mitgegeben hatten. Sie schlug sofort die Seite mit den Leserfragen ganz hinten auf, wie immer, und wie immer kam sie zu dem Schluss, dass diese Fragen nicht echt sein konnten. Sicher wurden Leute gut dafür bezahlt, dass sie sich so was ausdachten.

Ist mein Freund in meine beste Freundin verliebt?

Der neue Freund von meiner Mutter hasst mich.

Ich glaube, ich bin schwanger.

Jedes Mal derselbe alte Kram.

Die hatten keine Ahnung, was echte Probleme waren. Die sollten einmal in diese Station kommen und sich das richtige Leben ansehen.

Man wird mir den Kopf aufschlitzen – was soll ich tun?

»Ist das angeklebt? Oder geht es ab?« Jackson stand in ihrer Tür. »Darf ich reinkommen?«

Er stand da, als habe er ihr Zimmer noch nie ohne vorherige Erlaubnis betreten.

»Freust du dich, mich zu sehen?«

Megan grinste. »Nein. Ja. Ja. Total.«

Und das stimmte, aber … Ihr wurde bewusst, dass seine Beine noch dünner aussahen, alle seine Knochen zeichneten sich schärfer ab als zuvor, pressten sich wie Klingen durch die Haut. Seine Augen waren dunkle Höhlen im Schatten seiner Hutkrempe. Seine Haut wirkte matt. Vielleicht probierten sie gerade wieder ein neues Medikament an ihm aus.

Wie fühlte es sich wohl an, so besonders zu sein, dass keiner dahinterkam und man alle möglichen Medikamente ausprobieren musste und lauter Aufsätze über einen geschrieben wurden? Würde nicht der Tag kommen, an dem man es nicht mehr aushielt? Würde man dann nicht gerne einfach weggehen und nie wiederkommen?

Sie verscheuchte diese Gedanken schnell und lächelte ihn an.

»Es ist dir gestattet, hereinzukommen und mich abzulenken. Ich werde die nächste Phase in meinem Leben nicht so richtig genießen können.«

»Als wäre dein Leben bisher eine einzige Party gewesen. Die Perücke steht dir gut.«

Megan schüttelte den Kopf, ließ die silbernen Haare vor ihrem Gesicht hin- und herschwingen. Diese Bewegung hatte sie bei Gemma und den Zwillingen ausgetestet. Sie hatte sich sogar eine rosafarbene Perücke ausgesucht, wie Hering vorgeschlagen hatte.

»Ich habe eine ganze Menge davon. Ich kann jeden Tag anders aussehen, wenn ich das will.« Sie kletterte aufs Bett, um den Stuhl für Jackson frei zu machen. Er setzte sich nicht, sondern blieb in der Tür stehen. »Willst du mal die rote sehen? Mam sagt, ich sehe damit wie ein Dauerlutscher aus.«

»Megan Bright, Megan Silber«, sagte er in singendem Tonfall. »Nein, die hier ist für mich die richtige. Hat sie mir verziehen, dass ich dich beinahe skalpiert hätte?«

»Sie schon. Ich weiß nicht, wie es mit Schwester Brewster aussieht.«

»Man hat Gnade vor Recht ergehen lassen. Ich muss mal irgendetwas anderes besonders Schlimmes anstellen und abwarten, was dann passiert.«

Megan runzelte die Stirn. »Was? Du hast doch schon alles angestellt, was überhaupt möglich ist. Wenn alles stimmt, was du mir so erzählst. Nicht dass ich auch nur die Hälfte davon glauben würde.«

Jackson setzte eine gekränkte Miene auf. »Nee, da muss doch noch irgendwas sein …«

»Du bist im Krankenhaus, weißt du das noch?«

»Wenn du meinst, dass mich das an irgendwas hindert …«

Sie musste zugeben, dass ihn das wahrscheinlich nicht aufhalten würde. Jackson betrachtete sie lächelnd.

»Was ist?«

»Na ja …« Er setzte sich auf ihr Bett. »Mach Platz, Perücken-Girl. Manchmal muss ich mich einfach mal hinlegen.«

»Nicht hier, das geht nicht!« Megan sah nervös zur Tür.

Jackson streckte sich auf ihrem Bett aus, als wäre es sein eigenes, obwohl es eher wie ein Babybett wirkte – er war so lang. Er kickte seine Sandalen von den Füßen, legte seinen Kopf auf ihr Kissen und zog sich den Hut übers Gesicht.

»Warum denn nicht?«, fragte er.

»Weil …« Megan schob ihm den Hut aus dem Gesicht, sodass sie ihn ansehen konnte. »Weil …« Er grinste nur. Der Hut rutschte wieder zurück.

»Ach, vergiss es.« Sie machte ihm Platz.

Das Bett war eine Insel. Um sie herum wimmelte es von Haien und anderen Wesen, die gerne Knochen zerbeißen. Stürme tobten, und die Hitze dörrte ihre Körper aus, bis ihnen die Haut in Fetzen abfiel, und es gab nichts zu trinken. Jedenfalls behauptete Jackson das alles.

»Mir gefällt es hier«, fuhr er fort. »Viel besser als im Krankenhaus. Ich könnte einfach für immer hierbleiben. Es ist der richtige Ort für einen Geschichtenerzähler.«

Schritte näherten sich, gingen dann an der Tür vorbei. Megan versuchte zu erkennen, wem sie gehörten, aber es gelang ihr nicht. Es war auch nicht wichtig.

»Willst du eine hören?«

Sie wandte sich ihm zu. »Sehe ich aus wie eine Neunjährige?«

»Sie ist gut, das verspreche ich. Ich brauche dich zum Üben.«

Jackson rollte sich auf den Bauch und warf seinen Hut auf den Stuhl. Sein Gesicht war dicht vor ihrem. Er sah ihr direkt in die Augen, als erinnere er sich an einen anderen Moment, in der Dunkelheit des Warteraums, als wollte er sie vielleicht noch einmal küssen.

Sie schluckte. »Dann los.«

Er legte sich wieder auf den Rücken. Einen Moment lang schwieg er, als müsse er sich vorbereiten, und sah dabei in die Ferne, als läge da eine ganz andere Welt.

»Im Land herrschte eine Hungersnot«, fing er langsam an. Seine Stimme klang viel, viel älter, tiefer, aber melodisch wie ein Lied, das Megan noch nie gehört hatte. »Und seit Monaten kein Tropfen Regen.« Er hob die Augen, als würde er den Himmel nach Regenwolken absuchen.

Wo hatte er die Stimme her? Er klang so anders – als käme er von woanders, aus einer anderen Zeit. Das war nicht der Junge, den sie kannte.

Es war ein alter Mann, eine Stimme aus der Vergangenheit. Wie machte er das?

»Tag für Tag brannte die Sonne am wolkenlosen Himmel.« Jackson hob die Hand, formte eine Sonne daraus. »Das Gras wurde braun wie eine Kaffeebeere.«

Kaffeebeere? Was war das? Meinte er die Bohnen, die man zu Kaffeepulver zermahlte? Megan musste sich Mühe geben, ihn zu verstehen.

»Die Bäume wurden auch dürr und braun, auch die Pflanzen in den Bäumen verwelkten zusehends.« Seine Hand wurde zu einem Baum, einem sterbenden, verdörrenden Baum ohne Wasser. »Eine Hungersnot herrschte im Land.« Er setzte sich gerade hin, schob den Hut wieder vom Gesicht und verstummte.

Megan strahlte ihn an. »Wie hast du das gemacht?«

Jackson lächelte verlegen. »Ich höre zu, ich mache es nach«, antwortete er in dieser langsamen, alten Art. Dann redete er mit seiner normalen Stimme weiter. »Ich versuche so zu klingen, als wäre ich in Jamaika, nachts am Feuer. Kein Fernsehen, kein Radio, nur Geschichten unter den Sternen.« Er sah noch einmal zur Decke, als sei dort der Himmel, dann grinste er und der Zauber war verflogen. »Jedenfalls steht das so im Internet. Da suche ich mir meine Geschichten.«

»Kannst du sie auswendig?«

»Ja, oder ich erfinde was dazu. Solange das zum richtigen Ende führt. Ich erzähle die Geschichten in einem Café bei uns in der Nähe. Die zünden Kerzen an und sorgen für Atmosphäre und all so was. Und dann sitzen da diese Kids, die einfach total gerne zuhören.«

»Erzählst du nicht weiter?« Megan wollte ihn wieder hören, sie wollte den Zauber, den Klang. Sie fühlte sich wie ein kleines Kind.

»Ich lerne sie gerade erst. Es ist schwierig, diesen Tonfall so lange beizubehalten, über eine ganze lange Geschichte hinweg.«

»Wenn das so ist, musst du gehen«, beschloss Megan und stützte sich auf die Arme.

Er runzelte die Stirn. »Warum das?«

»Wir kriegen Ärger, wenn jetzt einer hereinkommt.«

Jacksons Miene erhellte sich. »Gut! Ich mag Ärger!«

»Aber du wirst die Geschichte nicht zu Ende erzählen«, beharrte sie. »Das heißt, es gibt keinen triftigen Grund dafür, dass du hier bist und wir in Schwierigkeiten geraten.«

Jackson seufzte. »Du hast recht. Es gibt überhaupt keinen Grund, Perücken-Girl.«

Er nahm eine Handvoll Silberhaare, zog daran und sah sie lächelnd so direkt an, dass sie nur das Licht in seinen Augen sehen konnte, ruhig und hell, nur für sie. Dann senkte er den Blick, beugte sich herüber, sodass sich ihre Köpfe beinahe berührten, und führte sich ihre Haare an die Lippen, bevor er sich die schimmernden Strähnen langsam durch die Finger gleiten ließ.

»Das gefällt mir«, sagte er und griff nach einer weiteren Strähne. »Megan Silber. Megan Bright.«

Er war so nah, dass sie seinen Geruch einatmete, die Seife, das Aroma des Duschgels.

Direkt vor ihrer Tür tat die Station das, was sie immer tat. Apparate klickten von Zeit zu Zeit, Telefone klingelten, jemand nahm ab, Kinder weinten und wurden beruhigt, Mütter lagen müde auf den Betten ihrer Kinder, kringelten sich um sie, weil sie sie nicht allein lassen wollten. Außerhalb ihres Zimmers war alles wie immer. Schwestern gingen an ihrer offenen Tür vorbei, zu beschäftigt, um darüber nachzudenken, was da drin vor sich ging.

»Wir kriegen Schwierigkeiten«, sagte sie schließlich.

»Schon wieder?« Jackson seufzte gespielt dramatisch. Er stützte sich auf seinen Arm und sah wieder auf sie herunter. »Aber es achtet doch niemand auf uns«, fuhr er fort. »Was macht es für einen Sinn, die Regeln zu brechen, wenn dich niemand dabei erwischt?«

Megan wandte sich ihm zu, betrachtete sein Gesicht, seine Lippen, die sanften Rundungen seines Schädels, die schimmernde Haut, sie wollte ihn streicheln, aber dann wollte sie es doch lieber nicht, aus Angst, der Traum könnte sich in nichts auflösen.

»Ich glaube, hier ist eine spektakuläre Aktion gefragt. Nun …« Jackson fing an, am Verschluss seiner Jeans herumzunesteln. »Pass auf, jetzt werden sie gleich von allen Seiten hereinstürmen.«

»Was machst du denn da?«, kreischte Megan und sprang vom Bett. Das war kein Traum. »Hör auf! Hör auf!«

Jackson brach in schallendes Gelächter aus. »Schon in Ordnung, Perücken-Girl. So blöd bin ich nun auch wieder nicht. Und du auch nicht.«

Megan ließ sich in ihren Stuhl fallen und fing an zu lachen, bis sie nicht mehr konnte. Sie beruhigte sich, als ihr auffiel, wie Jackson sie ansah. Sie saß da, gefangen wie ein Kaninchen im Scheinwerferlicht eines Autos, gefangen im Augenblick – es gab kein Davor, kein Danach, sie verharrte einfach, wünschte sich, für immer darin gefangen zu sein.

»Ein andermal. Und woanders. Und dann wäre es perfekt.«

Megan wandte den Blick ab. Sie spürte, wie ihre Wangen brannten. Ja. Perfekt.

»Hast du was zu essen da? Ich bin halb tot vor Hunger.«

»Was?« Megan blinzelte verwirrt. Blieb er nie an einer Stelle, gab er niemals Ruhe? War das für ihn alles nur ein Scherz? »Da drin.«

Jackson ging zu ihrem Spind, aber es sah so aus, als koste es ihn viel Mühe. Er stolperte, als sich sein Tropfständer an einem Bein ihres Betts verhakte.

»Pass doch auf, Jackson!«, schrie Megan, als würde er gleich hinfallen.

Er warf ihr einen Blick zu, den sie noch nicht kannte, einen Blick, der ihr sagte: Mach kein Theater, mir geht's gut. Er fing an, in ihren Sachen herumzuwühlen. »Nein, da ist nichts. Na, egal. Ich darf ja eigentlich sowieso nichts essen.«

Megan hielt die Luft an. »Was?«

»Du bist hier nicht die Einzige, die einen Operationstermin hat. Ich bin heute Nachmittag dran.«

»Jackson, hör auf mit dem Quatsch.« Sie versuchte, so zu klingen, als wäre das alles nur einer seiner Witze, aber als sie sein Gesicht sah, wusste sie Bescheid. »Du bist dran? Wirklich?«

»Zwei Uhr.«

»Ich hätte dir alles zu essen gegeben, was du nur wolltest. Warum hast du nicht früher davon erzählt?«

Er grinste.

»Das ist nicht witzig.«

»Rate mal, was ich heute Morgen gemacht habe, bevor Pluster hier war?« Megan beachtete ihn nicht. Er senkte die Stimme. »Ich habe die Leichenhalle ausfindig gemacht. Lauter Tote. Alle in der Kühltruhe.«

»Du siehst zu viel fern.«

»Wie du willst.« Jackson sah zum Fenster und runzelte die Stirn.

»Was ist jetzt?«

Jackson senkte wieder die Stimme. »Die Sonne verfinsterte sich und ein Sturm brach über das Land herein …« Er griff nach seinem Hut, zeigte damit zum Fenster und ging.

Megan sah den Himmel an. Er war eine massive graue Fläche, voller Regen.

ZWÖLF

Stunden schienen vergangen zu sein, seit man Jackson hinunter in den Operationssaal gebracht hatte. Eine Zeit lang saß Megan auf ihrem Bett und versuchte zu zeichnen, aber ihr fiel nichts ein. Ihr Handy klingelte. Gemma schickte ihr eine ganze Zeile voller aufmunternder Smileys für den kommenden Tag, und die Zwillinge rieten ihr, sich den Chirurgen genauer anzusehen. Er war ja vielleicht süß.

Sie wussten immer noch nichts von Jackson. Megan hatte nichts von ihm erzählt. Sie konnte sich selbst nicht erklären, warum nicht, aber jedes Mal, wenn sie daran dachte, irgendetwas zu erzählen, schienen ihre Worte einfach zu verdorren. Jetzt gerade war sie sehr froh darüber, dass sie es nicht wussten. Die Zwillinge würden endlose Nachrichten schreiben und sie hätte endlose Antworten darauf schreiben müssen.

Megan sah auf die Uhr. Sie hörte sich ein paar Lieder auf ihrem iPod an. Sie probierte alle Perücken auf und blieb dann doch bei der silbernen. All das brachte Jackson nicht schneller zurück auf die Station.

Mam kam vorbei, brachte einige Karten von verschiedenen Verwandten und Freunden mit. Sie gingen sie zusammen durch, aber Megan konnte sich nicht konzentrieren, sie sah die Namen kaum, überflog die Nachrichten nur. Sie schickte Mam wieder weg, kümmerte sich nicht darum, dass sie noch nicht einmal eine Stunde bei ihr gewesen war, kümmerte sich nicht darum, dass sie Mam offensichtlich kränkte, und wanderte hinüber zu Jacksons Zimmer, stand dort eine Weile herum, die ihr endlos schien, und versuchte ihn durch ihre reine Willenskraft zurückzuholen.

»Es wird eine Weile dauern, bis er wiederkommt, Megan.« Schwester Brewster war plötzlich neben ihr aufgetaucht, sie redete freundlich, aber mit fester Stimme. »Na, komm, geh wieder rüber.«

Ihr eigenes Zimmer bot keinen Trost. In diesem Augenblick hasste sie es, hasste es, darin eingesperrt zu sein. Sie lauschte auf den Regen, der auf das Dach trommelte, beobachtete, wie das Wasser an der Fensterscheibe herunterlief, sah zu, wie auf den Flachdächern Pfützen zu kleinen Seen anwuchsen.

Warum dauerte alles so lange? Er hätte doch längst wieder zurück sein müssen, oder?

Später, als sie im Flur auf und ab ging, fühlte sich Megan nirgendwo zugehörig, wie Abfall, den niemand mehr haben will. An diesem Tag war auf der Station viel los, neue Kinder wurden aufgenommen, sie waren aufgedreht, durcheinander, und ihre Eltern spazierten mit verlorenen, schockierten Mienen auf und ab. Ein fremdes Kind lag in Herings Bett.

Sie musste von hier verschwinden. »Kann ich in den Laden runtergehen? Ich möchte mir eine Zeitschrift kaufen«, bat sie, während sie direkt auf das Schwesternzimmer zumarschierte, in dem sich das Personal drängte.

Schwester Brewster sah von ihrem Computer in der Ecke auf. »Natürlich kannst du das, Megan. Aber geh nicht irgendwohin, wo du nicht sein darfst. Der Operationssaal ist strengstens verboten, wie du weißt, und das gilt auch für den Aufwachraum, in dem Jackson jetzt gerade liegt.« Sie schenkte Megan ein verschwörerisches Lächeln.

Megan stiegen Tränen in die Augen, aber ihr Herz machte einen Freudensprung. »Ist er denn fertig?«

»Ja«, sagte Schwester Brewster. »Aber es dauert noch lange. Geh schon.«

Der Laden befand sich im Erdgeschoss, nicht weit entfernt vom Haupteingang zum St.-Peregrines-Krankenhaus. Es war nur ein kleines Geschäft mit zwei oder drei runden Tischen. An einen von ihnen lehnte sich eine Mutter mit zwei Kindern. Die Frau starrte in ihre Tasse, ihre Haare fielen ihr schlaff auf die Schultern herunter, die Nägel waren vollständig abgekaut.

Die beiden Jungen, offenbar Zwillinge, saugten an Saftflaschen und führten dabei so eine Art Ringkampf aus, stießen sich gegenseitig mit den Füßen und warfen einander hinterlistige Blicke zu.

»Hört jetzt damit auf«, zischte die Mutter. »Oder ihr kriegt eure Schokolade nicht.«

Ein drittes Kind lag quengelnd in einem Buggy, der neben seine Brüder an den Tisch gequetscht stand. Es saugte an einem riesigen Schnuller, wie Maggie Simpson, die Augen geschlossen, die Nase lief. Ab und zu rieb es sich mit der Faust über das Gesicht, verschob es zu einer hässlichen Maske.

Als Megan vorbeikam, hielten die beiden Jungs inne und starrten sie mit großen Augen an. Ihre Mutter drehte den Kopf, um den Grund für ihre Verwunderung in Erfahrung zu bringen.

Megan grinste sie an und schüttelte den Kopf, sodass ihre silbernen Haare um sie herumflogen.

»Glotzt nicht so!« Die Mutter feuerte ihre Worte ab wie Gewehrkugeln. »Trinkt euren Saft aus.«

Die Verkäuferin hinter der Theke lächelte Megan zu, kniff ihre Augen hinter der Brille zusammen. Sie trug eine Perlenkette um den Hals, mit der sie ein bisschen wie die englische Königin aussah. »Oh, das Silberhaar ist aber schön. Du siehst wie ein Weihnachtsengel aus. Wo ist denn dein Freund?«, fragte sie. »Er war ja heute gar nicht hier.«

»Er wird gerade operiert.«

Das Lächeln verschwand aus dem Gesicht der Verkäuferin. »Oh, das wusste ich nicht.« Sie errötete. »Der arme Junge. Wir haben ihn heute vermisst. Sonst ist er doch so zuverlässig wie ein Uhrwerk.«

»Es ist schon vorbei«, fügte Megan schnell hinzu, um die Verkäuferin zu beruhigen. »Er ist im Aufwachraum. Es dauert nicht mehr lange, bis er wieder in sein Zimmer kommt.«

Das Lächeln kehrte zurück. »Das ist gut. Der kommt schnell wieder auf die Beine. Richte ihm aus, dass hier alle nach ihm fragen.«

Ein Mann kam an die Theke. Er hielt eine große Tüte mit Karamellgebäck und eine Zeitung in den Händen. Die Verkäuferin streckte ihre Hand nach seinem Geld aus. »Möchten Sie das bezahlen? Ein scheußlicher Tag heute, nicht wahr? So viel Regen.« In ihrer Stimme schwang Erleichterung. Offenbar war das scheußliche Wetter ein wesentlich sichereres Thema als Jacksons Aufenthalt im Aufwachraum.

Megan schob sich an dem drehbaren Postkartenständer vorbei, an dem Kühlschrank mit den Salatsnacks und den Milchshakes, bis sie vor der Rückwand mit den Comics, den Zeitschriften und Zeitungen stand. Gelegentlich warf sie einen Blick durch die großen Fenster in den Flur, um zu überprüfen, was sich dort abspielte. Sie wusste, dass Jackson vielleicht wieder unterwegs in sein Zimmer war. Vielleicht kam er hier am Laden vorbei. Aber das tat er nicht. Enttäuscht ging sie zurück zur Theke und bezahlte ihre Zeitschrift.

»Ist er noch nicht wieder da?« Megan konnte sehen, dass Jackson nicht da war, sie konnte in sein leeres Zimmer sehen, aber aus irgendeinem Grund musste sie die Frage trotzdem stellen. Vielleicht hatten sie ihn woanders hingebracht.

Siobhan grinste. »Du bist eine Pest mit deiner Fragerei.«

»Also ist er noch nicht wieder da.«

»Ich verspreche dir, du bist die Erste, die davon erfährt. Aber bis dahin musst du einfach in Ruhe abwarten.«

Megans Handy brummte. Sie nahm es mit in ihr Zimmer. »Grandad?«

»Ich dachte nur, ich ruf dich mal an, frag nach, wie es auf deiner Station so läuft.«

Seine Stimme war dünn wie immer. Es war die Stimme eines gebrechlichen Menschen, sie klang, als sei er so schwach, dass er kaum noch aus dem Bett kam. Bloß war das in Wirklichkeit gar nicht der Fall. Großvater ging jeden Tag an den Hafen und redete mit den Fischern, beobachtete die Möwen, schrieb Listen mit Vogelnamen in sein kleines schwarzes Notizbuch. Keiner glaubte ihm, dass er schon über neunzig war. Heute allerdings klang er doch ein bisschen älter.

»Ist Mrs Lemon auch da?«, fragte Megan.

»Sie ist weg, einkaufen. Sie sagt, ich soll keinen Unsinn machen, solange sie unterwegs ist. Also habe ich dich angerufen. Morgen ist der große Tag, was?«

»Jackson wird gerade operiert«, sagte Megan. Sie wollte nicht darüber reden, dass man ihr den Kopf aufschneiden würde, wollte Großvater nicht aufregen, wo er doch ganz allein war. »Er ist schon seit einer Ewigkeit da unten.«

»Oh … hm … Du siehst ihn bald wieder, da bin ich mir sicher«, sagte Großvater. »Keine Sorge, Lämmchen. Klingt doch so, als wäre er ein großer, starker Kerl. Und diese Schwester Schieb-an wird sich schon gut um ihn kümmern.«

Der Regen trommelte aufs Dach, erfüllte die Kinderstation mit Lärm. Mitten am Tag waren alle Lichter an.

Großvaters Stimme klang wie unter einer Lärmschicht begraben, schien von einem anderen Planeten zu ihr zu dringen. Megan konnte ihn vor sich sehen, wie er das Telefon umklammert hielt, als sei es eine Bombe kurz vor der Explosion, und es war keine Mrs Lemon da, die auf ihn aufpasste.

Sie musste ihn dazu überreden, das Gespräch zu beenden. Aber er redete immer noch, obwohl seine Stimme immer schwächer klang.

»Ich muss wahrscheinlich gleich gehen, Grandad. Jackson kann jederzeit zurück sein.«

»Jaja, geh nur hin zu diesem Jungen. Sag ihm einen Gruß. Und pass auf dich auf. Wir denken dann an dich … ich meine, morgen …«

Eine Schweigepause. Megan wurde klar, dass ihr Großvater weinte und er deswegen nicht weitersprechen konnte.

»Ich schaff das schon, Grandad. Und sobald ich kann, rufe ich dich an.«

»Lämmchen«, sagte er.

»Leg jetzt auf, Grandad. Und setz schon mal Teewasser auf, gleich kommt Mrs Lemon zurück. Du weißt ja, wie sie ihren Tee mag. Grüß sie von mir.«

Schließlich legte Großvater auf, aber Megan kam nicht zur Ruhe. Sie ging in Jacksons Zimmer, saß hinter der Tür, wo niemand sie sehen konnte. Der Raum wirkte riesig, jetzt, wo das Bett fehlte. Alles, was von Jackson zeugte, war ein Papiertaschentuch, das zerknüllt neben dem Spind lag. Sie hob es auf und ließ es in den Mülleimer fallen. Sie ertrug die Vorstellung nicht, dass er in ein unordentliches Zimmer zurückkommen sollte.

Megan setzte sich auf Jacksons Stuhl, in die Mulde, die sein Körper geformt hatte, sodass diese sie umschloss, ihren ganzen Körper umfing. Sie legte ihre Hände auf die Armlehnen, auf die seine Finger manchmal einen Rhythmus trommelten, ertappte sich dabei, wie sie mit den Fingernägeln am Holz herumpickte. Sie atmete langsam und tief die Luft ein, die Jackson heute Morgen noch eingeatmet hatte. Sie konnte ihn im Zimmer beinahe fühlen, als hätte er einen Teil von sich zurückgelassen, nur für sie.

Das Heulen einer Sirene durchschnitt die Luft. Megan warf einen Blick aus dem Fenster. Ein Krankenwagen raste heran, hielt vor der Notfallstation. Jackson hatte eine Geschichte darüber erzählt, wie er einmal in diese Station spaziert war und eine Frau in Weiß ihn wieder hinausgescheucht hatte. Megan stellte sich vor, was jetzt da unten los war, sah vor sich, wie ein

Mensch auf einer Trage hereingebracht wurde, wie die Ärzte und Schwestern herumsausten, alles taten, was in ihrer Macht stand, um ein Leben zu retten. Die Infusionen, die Herzüberwachung, die Bluttransfusionen, Elektroschockbehandlung. Alles wie im Fernsehen.

Als sie endlich hörte, dass man Jackson den Flur entlangschob, rannte Megan ihm entgegen, drückte sich gegen die Wand, als er vorbeikam. Er schien zu schlafen, obwohl er ein leises Stöhnen ausstieß, als das Bett in Richtung Tür gedreht wurde.

»Ein andermal, Megan«, sagte jemand, während alle damit beschäftigt waren, ihn wieder ins Zimmer zu rollen – beide Türen wurden geöffnet, Dinge aus dem Weg geräumt. »Jetzt gehst du erst mal.«

Später beobachtete Megan vom Türrahmen aus, wie Siobhan sich leise um Jacksons Bett bewegte. Temperatur. Puls. Blutdruck. Flüssigkeitstabellen. Intravenöse Therapie. Sie war schon so vertraut mit all diesen Begriffen, es war eine neue Fremdsprache, die sie erlernt hatte.

»Er sieht überhaupt nicht gut aus«, sagte sie und versuchte, die Tränen zu unterdrücken.

»Ach, niemand sieht nach einer großen Operation gut aus, Megan. Mach dir keine Sorgen.«

Jackson erhielt eine Bluttransfusion. In regelmäßigen Abständen tropfte Blut aus einem Beutel in eine durchsichtige Kammer, die lang war wie ein kleiner, gedehnter Ballon, immer halb voll, immer halb leer. Ein Infusionssystem nannte man das. Jeder neue Tropfen in der Kammer drückte einen anderen Tropfen durch den durchsichtigen Schlauch in Jackson hinein. Megan sah zu, wie ein Tropfen sich zu einer kleinen roten Beere formte, bevor er fiel.

»Bekommt er noch mehr?«, fragte sie Siobhan, die die Transfusion überwachte und Zeichen in eine Tabelle eintrug.

»Ich denke schon«, antwortete die Schwester lächelnd. »Noch eine Einheit, vermute ich. So, junge Dame, das reicht jetzt erst mal. Wenn er später aufwacht, kannst du für ein paar Minuten hereinschauen, das schon.«

»Muss ich in meinem Zimmer warten?«

»Egal wo, jedenfalls momentan nicht hier. Los, jetzt geh schon.« Aber Siobhan lächelte, und Megan wusste, dass es nicht böse gemeint war. Megan war einfach nur im Weg.

Später kehrte auf der Station Ruhe ein. Jacksons Familie war über Nacht nach Hause gegangen, aber er selbst war wach, teilte Siobhan Megan mit. »Du bekommst fünf Minuten. Mehr nicht. Er ist immer noch benommen.«

»Fünf Minuten!«, versprach Megan. Sie sauste sofort los zu seinem Zimmer, um ja keine Sekunde zu verschenken. In der Tür hielt sie an. Sie war sich nicht sicher, ob er nicht schon eingeschlafen war. Im Zimmer spendete nur die Deckenlampe über seinem Bett Licht, das einen goldenen Schleier über sein Gesicht legte.

»Hi!« Jacksons Stimme klang heiser, aber er brachte ein Lächeln zustande.

»Hi, du.« Die Atmosphäre im Zimmer war erfüllt vom Blinken des Monitors, dem Klicken der Infusion und von Jacksons mühsamen Atemgeräuschen.

»Alles in Ordnung?«

»Ich … spüre … nichts.«

»Gut. Das ist doch gut, oder?« Jackson bewegte ganz leicht seinen Kopf, als sei er zu schwer, um zu nicken oder den Kopf zu schütteln. »Bist du zu müde? Ich komme morgen wieder. Sie haben gesagt, ich darf nur fünf Minuten bleiben.«

»Ich ... hätte ... dir ... was ... sagen sollen.« Jacksons Hand rutschte ein ganz kleines Stück auf sie zu, als wollte er nicht, dass sie ginge. Seine Finger waren lang und schlank wie die eines Musikers, die Handinnenfläche blass, glatt.

»Was denn?«

»Wegen Hering ...« Einen Moment lang war sie unsicher, was zu tun war, eine Sekunde des Zögerns, dann legte Megan ihre Hand über seine, voller Sorge, sie könnte ihm wehtun. Ihre Finger lagen auf seinem Handrücken, ihr Handgelenk drückte leicht auf seines. Sie fühlte seinen Pulsschlag gegen ihre Haut. Jackson schluckte. Es sah aus, als habe er Schmerzen, vielleicht einen wunden Hals.

»Was ist mit Hering?«

»... sie ist gestorben.«

Megan nickte. »Ich habe mir so was gedacht.«

Sie fragte ihn nicht, woher er das wusste – selbstverständlich wusste er so etwas, der Rattenfänger von Hameln, der alle Kinder auf eine Suche nach Mr Henry entführt hatte. Natürlich wusste er Bescheid. Sie wunderte sich noch nicht einmal darüber, dass sie selbst beinahe gespürt hatte, es würde so kommen, an jenem Tag, als Hering nach Hause ging, um ihre Katze zu besuchen, sie zu streicheln. Und jetzt fühlte sich das an, als sei es lange her, ein Ereignis aus einer anderen Zeitzone. »Aber sie passt bestimmt immer noch auf Brian auf.«

»Ja.« Jacksons Finger krümmten sich, träge, schläfrig, aber

ließen sie nicht los. »Pass bloß auf, Brian. Nicht mehr … auf Bäume … klettern …«

Megan saß da und beobachtete, wie sich in der Infusion die scharlachrote Beere formte, sah dem Tropfen nach, als er in den kleinen roten Ozean hineinfiel, der ganz allmählich in Jacksons Körper hineinfließen würde. Tropfen um Tropfen, Herzschlag um Herzschlag. Ihn schützen würde.

Jacksons Hand entspannte sich, er war schläfrig. Megan beobachtete sein Gesicht, das ebenfalls im Schlaf versank. Sie wandte kein Auge von Jackson, bis sein Atem tiefer und langsamer wurde.

Seine Lippen sahen trocken aus, gesprungen. Vielleicht waren sie wund, wenn er aufwachte.

Vorsichtig zog sie ihre Hand aus der seinen und tastete nach der kleinen Vaselinedose in ihrer Tasche, zog den Deckel ab und stupste ihren Finger in die Salbe. Sie strich eine dünne Schicht Vaseline auf Jacksons Lippen, seinen lächelnden Mund, der so viele Geschichten erzählte, der jetzt schwieg und sich doch bewegte, als hafte sein Fleisch an ihrem, in diesem Augenblick und für immer.

Sie hätte auch sein Gesicht gestreichelt, jeden Winkel davon, sie hätte ihre Finger über seinen Kopf gleiten lassen, über die Schädelnähte, die Linien und Erhebungen, die sich unter seiner Haut so deutlich abzeichneten. Sie hätte seine Augenbrauen abgetastet und seine geschlossenen Augen, seine Wangenknochen, so fein, so markant, als hätte ein Künstler sie gezeichnet, ein Bildhauer sie ausgemeißelt. Sie hätte sich neben ihn auf sein Bett gelegt, wenn sie damit hätte verhindern können, dass ihm noch irgendjemand eine Verletzung zufügte.

Megan stand auf. Jetzt konnte sie ihn beruhigt zurücklassen. Aber sie presste noch einmal ihre Finger auf seinen Mund, ein letztes Mal, küsste mit ihnen sanft seine Lippen.

Endlich riss sie sich los.

Ihre Fingerspitzen glänzten im Licht der Lampe über Jacksons Bett, als wären es gar nicht ihre eigenen Finger, als würden sie gar nicht zu ihr gehören. Sie führte sie zum Mund, legte sie sich auf die Lippen und schmeckte die Reste der Salbe, diese winzigen Spuren von Jackson, wie Küsse, die auf ihrer Haut zurückgeblieben waren.

DREIZEHN

Megan glaubte an Wunder. Manchmal, wenn man am wenigsten damit rechnete, passierten sie einfach, vermutete sie. Manchmal betete sie um Wunder, allerdings nicht so wie Mrs Lemon das tat, mit ihrem Rosenkranz in der Hand oder indem sie kleine Kerzen in der Kirche anzündete.

Das Wunder, das sie sich im Moment am meisten wünschte, sah so aus: Sie würde in den OP kommen, und der Chirurg würde feststellen, dass überhaupt kein Tumor mehr da war.

Aber wenn das schon nicht möglich war, dann sollte ein Wunder es ermöglichen, dass sie Jackson noch einmal sah, bevor sie drankam.

Nur schien das einfach nicht zu gehen.

Er konnte nicht herüberkommen und sie besuchen. Sie durfte ihn nicht besuchen. Es war zu früh, er schlief noch, fühlte sich nach der Operation noch schwach.

Es gab einfach zu viele Gründe, die dagegensprachen. Siobhan sagte, sie könnte Jackson auf dem Weg in den OP zuwinken, ob das in Ordnung wäre?

War es nicht. Sie hatte gestern Abend sein Bild zu Ende gezeichnet, war so lange wach geblieben, bis es fertig war. Sie wollte es ihm zeigen, bevor sie operiert wurde.

Und irgendwie geriet sie deswegen so außer sich, dass Siobhan sagte, sie müsse ihr etwas zur Beruhigung geben. Es bewirkte, dass sie sich schwindlig fühlte, als wäre ihr Kopf voller Wolken, und ihre Worte tropften aus ihr heraus wie Klebstoff.

»Kannernich herkommen?«, bettelte Megan noch einmal.

»Er muss im Bett bleiben. Er hatte gestern eine schwere Operation.«

»Aber ich willihnsehn.«

Siobhan tätschelte ihre Hand. »Das weiß ich doch, aber es gibt da auch noch … andere Kieselsteine am Strand, also …«

Megan sah auf, obwohl das schwierig war. Siobhan benahm sich so rätselhaft, mit diesem Lächeln im Gesicht und mit ihrem Gerede von Kieselsteinen und all dem. »Und einer davon ist genau hier. Um dich zu besuchen. Ein richtiger Überraschungsbesuch.« Sie machte einen Schritt zur Seite, und da stand er, direkt neben ihrem Bett.

»Dad?«

Megan musste genau hinsehen, um ganz sicherzugehen, musste ihre Augen scharf stellen, um ihn vollständig zu sehen. Da stand er, braun gebrannt, in seinem weißen Hemd, und lächelte ihr zu. Seine Augen immer noch blau, seine Haare noch grau und dünn, sein Bauch immer noch rund, kuschelig.

Aber er durfte nicht da sein.

»Mussich sterben?«

Plötzlich war Megan sicher, dass dies der Fall war. Manchmal starben Leute an Krebs. Man sah ja, was mit Hering passiert war. Deswegen war Dad gekommen. Das musste der Grund sein, warum er hier war.

»Aber nein, Dummerchen.« Er beugte sich vor und küsste sie auf die Stirn.

»Wo ist Mam?«

»Steht direkt hinter mir, siehst du sie?«

Da war sie, lächelte, als sei dies eine Party, als würde Megan nicht in ungefähr einer Stunde der Kopf aufgeschnitten. »Hallo, Schatz. Das ist eine schöne Überraschung, nicht wahr? Dass er hier ist.«

Megan runzelte die Stirn, sah Dad an. »Aberwarumbisuhier? Sollsdochnichkommen.«

»Weil du operiert wirst. Ich arbeite doch nicht rund um die Uhr und kann dann noch nicht einmal an so einem Tag nach Hause kommen! Und Grandad kann nicht hier sein und auf dich aufpassen, also muss ich das wohl erledigen.« Er lachte ein bisschen. »Ich wäre gestern schon gekommen, aber das Flugzeug hatte ein paar Stunden Verspätung.« Er hängte sein Jackett auf. »Es stört dich doch nicht, dass ich hier bin, oder?«

Er hatte ihr versprechen müssen, nicht zu kommen, aber jetzt war er da. Es war nicht richtig, und doch.

»Mussnichsterben?«

»Nein. Wirklich nicht.« Dads Stimme klang sehr bestimmt.

»Bistuhier wennichwachwerde?«

Er setzte sich dicht an ihr Bett und drückte sanft ihren Arm. »Die sollen bloß mal versuchen, mich davon abzuhalten. Ich warte hier so lange, wie es nötig ist. Ich und Mam.«

»Wielangdauerdas?«

Ein Zögern. Dad wischte sich etwas aus den Augen.

Mam antwortete. »Ein paar Stunden vielleicht.«

»Aber du …«, Dad drückte noch einmal ihren Arm, »wirst denken, dass es nur eine Minute gedauert hat. Ehrlich. Du wirst überhaupt nichts davon merken, bis du wieder aufwachst.«

Megan schloss die Augen. Das war einfacher, als sie die ganze Zeit offen zu halten, doch auf einmal liefen ihr die Tränen aus den Augen, und es gab keine Möglichkeit, sie zurückzuhalten. Vielleicht war sie so erleichtert, dass Dad hier war, vielleicht hatte sie Angst vor der Operation, jedenfalls konnte sie nichts dagegen tun.

»Na, na, Liebling. Mach dir keine Sorgen.«

Dad fand ein Papiertuch und tupfte damit ihre Tränen ab, aber Megan konnte nicht mehr aufhören zu weinen. Die Tränen liefen ihr über die Wangen, tropften auf das Kissen, drangen durch bis auf die Plastikhülle unter dem Kissenbezug. Sie rannen ihr in die Ohren. Es war, als habe man einen Wasserhahn voll aufgedreht.

»Sie wissen, wo der Tumor sitzt«, sagte Mam. »Und die Operation wird eine Weile dauern … aber sie ist nicht übermäßig kompliziert … Sie werden darauf achten, dass du hinterher alles bekommst, damit du dich wohlfühlst, damit du keine Schmerzen hast.«

Dads Stimme klang sanft, aber eindringlich. »Injektionen durch einen Tropf. Wahrscheinlich. Das kriegst du dann. Die passen schon auf, dass du keine Schmerzen hast.«

Die Worte halfen nicht, denn sie hatte sich nicht in der Gewalt, weinte einfach weiter. Mam drückte ihre Hand. »Es wird gut gehen, mein Schatz.«

»Komm, Liebes, lass dich drücken«, sagte Dad. »Und sobald du wieder auf der Station bist, rufen wir Grandad an. Er sagt, er sitzt vor dem Telefon und wartet.«

Akten und Röntgenbilder lagen auf ihrem Bauch. Sie fühlten

sich schwer an, fest. Siobhan war da und auch Mam, die sich bei Dad untergehakt hatte. Alle sahen so aus, als stünden sie auf dem Kopf. Die Decke zog sanft vorüber. Sie bewegten sich durch einen Flur. Der Mann, der das Bett schob, plauderte mit Mam und Dad. Er sagte, er käme aus Polen. Er klang wie dieser Fußballspieler. Wie hieß der noch? Sie bewegte leicht den Kopf, um den Mann aus Polen anzusehen, aber er stand auf dem Kopf wie alle anderen. Das konnte nicht in Ordnung sein.

Bilder. Mohnblumenfelder. Landschaften. Ein Kind mit aufgerissenen, feuchten Augen. Ein Pferd. Wegweiser zu Orten, die Jackson bestimmt schon besucht hatte. Alles glitt langsam an ihr vorüber. Mam und Dad redeten jetzt auf sie ein. Sie sagten, es würde nicht lange dauern, bis sie über den Flur wieder zurückkommen würde. Dann eine Kurve und durch eine Doppeltür.

»Dad?«

»Ich bin hier, Liebes. Mam auch. Wir können mitkommen, bis du die Anästhesie bekommst.«

»Isgut.«

Sie waren in einem Raum. Überall Glasschränke, überall Licht und voller grün gekleideter Menschen.

»Hallo! Megan heißt du, nicht wahr? Erinnerst du dich an mich? Dr. Singh. Ich bin die Anästhesistin. Ich habe dich auf der Station besucht, erinnerst du dich?« Sie hatte eine hohe Stimme, voller Lachen, voller Freundlichkeit. Ein roter Punkt saß mitten auf ihrer Stirn.

»Jaaa«, antwortete Megan.

»Also dann, meine Liebe. Ich pikse dir jetzt hier mit der Spritze in die Hand und gebe dir was, damit du schnell einschläfst.«

»Wir warten gleich hier draußen«, sagte Mam. Sie flüsterte, als verrate sie Megan ein Geheimnis, das nur für sie bestimmt war. »Direkt draußen vor dieser Tür. Sobald du eingeschlafen bist. Wir sind hier, ich und Dad, und du wirst uns gleich wiedersehen.«

»Jaaa«, sagte Megan.

»Also, meine Liebe. Jetzt kommt die Spritze, nur ein kleiner Kratzer.« Nur ein kleiner Kratzer. Ein Klicken, ein Schnappen. Eine Schwester brachte die Spritze, die mit einer milchigen Flüssigkeit gefüllt war. Sie lächelte Megan zu, die zu ihr hochblinzelte, aber ihren Mund nicht bewegen konnte.

»So, jetzt möchte ich, dass du bis zehn zählst. Machst du das bitte mal? Zähl mir jetzt vor… Eins, zwei …«

»… drei …«

Kühle Finger an ihrem Handgelenk. Sie hielten es umfasst, ganz sanft. Ein leichter Druck. »Puls 84.«

Etwas an ihrem Arm, ein Zischen, ein Keuchen, es wurde enger, bis ihre Hand schmerzte und sich das Blut staute. Dann ging es allmählich zurück, klopf, klopf, klopf. Wieder ein Zischen und das Enge löste sich.

»Blutdruck 100 zu 60.«

Wach. Beinahe. Eingeschlafen. Beinahe. Ein schläfriger, köstlicher Zwischenzustand, ein Schweben im Dazwischen, wie im Nebel. Sie konnte es nicht greifen. Nichts war wirklich. Der Schlaf kam und wollte nicht bleiben. Er sollte aber bleiben, sie wollte ihre Augen geschlossen halten, wollte nicht, dass sie sich zitternd wieder öffneten, aber der Schlaf entglitt ihr wieder. Sie war wach.

Worte. Überall um sie herum. Die Worte erkannte sie, aber nicht die Stimmen.

Wo war sie? Ach, was kümmerte es sie. Es war so ein angenehmes Gefühl. Einfach so durch Wolken zu schweben, durch Schlaf und Wellen und Wärme.

Wunderbar. Wunderbar.

Sie machte die Augen halb auf und sah Lichter, die in Streifen über ihr hingen. Zu hell. Augen wieder zu. Die Lichter blieben da, wie Bilder.

Etwas um ihren Kopf. Ein Verband. Sie konnte ihre Ohren nicht fühlen. Vielleicht waren sie weg, waren woanders hingegangen. Nein, das konnte nicht stimmen.

»Megan … hallo, Megan! Zeit zum Aufwachen!« Eine warme Hand griff nach der ihren. »Komm schon. Mach die Augen auf, Megan.«

Sie versuchte es, aber ihre Lider schienen zugeklebt.

»Drück meine Hand, los.«

Sie drückte.

»Und noch mal, los.«

Sie drückte noch einmal.

»Es geht ihr gut. Sie kann auf ihre Station zurück.«

Alles ein Traum. Nur ein Traum.

Aber Dad war da.

Ein Wunder.

VIERZEHN

Megan konnte sich später an nichts von all dem erinnern, was in der Zeit nach ihrer Operation geschehen war. Es war wie ein leerer Raum. Sie war sehr krank gewesen, hatte hohes Fieber bekommen, sagte man ihr später und zeigte ihr ihre Temperaturkurve, deren Linie wie ein Pfeil in den Himmel schnellte. Es war sehr kritisch gewesen, sagten sie, wirklich sehr kritisch.

Erst als die Linie auf der Tabelle allmählich einen zitternden Weg bergab einschlug, füllte sich Megans leerer Raum wieder mit Worten. Allerdings wirkten sie alle wie zufällige Teile eines Puzzlespiels, zwar alle vorhanden, aber nicht in der richtigen Reihenfolge. Es dauerte eine Ewigkeit, bis sie alle sortiert hatte, und als das Puzzle endlich vollständig war, fehlte Jackson. Auch Siobhan und Schwester Brewster waren nicht da. Wo waren sie denn alle? Die Fragen wirbelten ihr durch den Kopf. Wo bin ich? Bin ich hier überhaupt richtig?

Überall um sie herum waren fremde Schwestern damit beschäftigt, nach ihr zu sehen, sie sauber zu machen, sie zu waschen und abzutrocknen, denn sie konnte kaum einen Finger rühren, um sich selbst zu helfen.

Als sie endlich in der Lage war, sich aufzusetzen, noch immer zittrig und schwach, befand sie sich in ihrem alten Zimmer und es wurde über eine Entlassung geredet. Zu Hause sei der beste Ort, nun, da die Operation vorbei und sie auf dem Weg der Besserung war. Aber sie wollte nicht nach Hause, nicht wenn Jackson wieder herkommen würde.

Sie musste ihn sehen.

Unerbittlich vergingen die Tage, bis ihr letzter Tag auf der Station anbrach, und Jackson war immer noch nicht zurück. Oder vielleicht war er zurück und sie wollten es ihr nicht sagen. Das war es. Natürlich, das war es! Sie wollten nicht, dass sie und Jackson zusammen waren.

Irgendjemand hatte sie beide an jenem Tag in ihrem Zimmer bestimmt zusammen gesehen. Sie hatten ihn in die Erwachsenenstation gebracht, um sie zu trennen.

Megan spazierte auf noch recht wackligen Beinen umher und suchte nach Jackson, aber sie fand nur Kinder. Sie waren so klein. Ein Junge trug eine Sauerstoffmaske über dem Gesicht, die an einem Tank hinter dem Bett befestigt war. Er sah blass aus, bis auf seine Wangen, die wie kleine rote Äpfel glühten.

Eltern spielten mit ihren Kindern oder lasen ihnen vor, manche hielten nur ihre Hände. Ein Junge übergab sich in eine Schüssel. Vollkommen überrascht betrachtete er das Ergebnis. Sein Kopf war so kahl wie ein Ei.

Ein kleines Mädchen lag auf dem Rücken, eine Infusion im Arm. Sie schlief tief. Vielleicht war sie operiert worden. Vielleicht würde sie operiert. Was auch immer es war, ihre Mutter sah sehr müde aus, lehnte sich mit geschlossenen Augen gegen das Bett, ihre Haare hatte sie zu Rattenschwänzen zusammengebunden.

Der Oktopus saß in der Ecke. Die Delfine schwammen an den Wänden hoch. Auf den Fenstern klebten hübsche Seesterne,

Seejungfrauen, Seepferdchen. Wieso war ihr das alles nie aufgefallen? Vielleicht hatte sie alles so sattgehabt, damals, als sie zum ersten Mal hier war, vor so langer Zeit.

Sie wanderte an Jacksons altem Zimmer vorbei und stellte fest, dass jemand anders in seinem Bett lag. Es war ein Mädchen, etwa genauso alt wie er. Irgendwie schockierte sie das.

Das Mädchen drehte sich im Bett um, sah Megan an. Sie war blass, zerbrechlich, mit spindeldürren Armen und riesigen Augen. Ihr Körper war kaum als Erhebung unter der Decke wahrnehmbar.

Das Schwesternzimmer. Schwester Brewster war da, redete mit einer der Schwesternhelferinnen.

»Wo ist Jackson?«, fragte Megan. Sie unterbrach Schwester Brewster, aber es war ihr egal.

Schwester Brewster und die Schwesternhelferin tauschten einen Blick aus. Die Helferin nahm ein paar Tabellen und eilte mit ihnen davon. »Ich habe mich gerade unterhalten, Megan. Das konntest du doch sehen.«

»Ja, aber wo ist er?« Sie fühlte sich schwach, nach dem weiten Weg zu Fuß, und wollte sich hinsetzen, aber sie würde es nicht tun. Nicht bevor sie es wusste.

Schwester Brewster schob ein paar Zettel zusammen, legte sie gerade hin, als sei es absolut lebenswichtig, dass sie perfekt ausgerichtet waren. Ein junger Arzt, den Megan nicht kannte, kam auf den Tisch zugelaufen, schnappte ein Stethoskop und eilte davon.

»Hab das vergessen«, sagte er. »Hi, Megan. Du siehst gut aus! Heute geht's nach Hause, was?«

Er sauste den Flur hinunter, ohne eine Antwort abzuwarten.

Megan wandte sich wieder Schwester Brewster zu. Sie war entschlossen, vor ihr stehen zu bleiben, bis sie eine Antwort bekam. Ein Säugling schrie, ein schwacher, kleiner Ton aus einem Zimmer in der Nähe. Jemand tröstete ihn mit sanfter Stimme.

»Er ist zu Hause, Megan. Das weißt du bereits. Du hast jede einzelne Krankenschwester gefragt.« Schwester Brewster seufzte. Ihre Stimme hatte sich verändert, war beinahe liebevoll.

»Ich dachte, er müsste weiter seine Medikamente bekommen.« Megan ließ sich nicht beirren. »Das hat er vor seiner Operation gesagt.«

Sie stand da und wartete.

Schwester Brewster sah hinunter auf die Zettel, studierte sie ein paar Sekunden lang.

»Ja, das stimmt, aber … es gibt Medikamente, die man zu Hause nehmen kann. Das ist eigentlich besser. Angenehmer. Keine Vorschriften. Den meisten Leuten ist es so lieber …«

Megan wartete. Sie rechnete damit, jetzt etwas von Regeln zu hören, über das Brechen von Regeln, über Haareschneiden, Rasierklingen, Leichenhallen, nächtliche Spaziergänge. Aber nichts davon. Schwester Brewster hielt einfach nur ihre Zettel an die Brust gepresst.

»Und kommt er irgendwann wieder?«

»Nein, Megan. Er kommt nicht wieder.«

Megan starrte hinunter auf ihre Hausschuhe. Mam hatte sie eigens gekauft. Megan hasste Hausschuhe, hasste es, welche tragen zu müssen. Sie fühlte sich darin wie ein Kleinkind.

»Wird er nie wieder herkommen?«

»Nein«, lautete die Antwort, sanft, endgültig. »Das wird er nicht.«

Aber wie konnte das sein? Jackson wäre doch nicht einfach weggegangen, ohne etwas zu sagen. Er hätte sich verabschiedet.

Megan hob den Blick, sah Schwester Brewster in die Augen. Sie hielt ihrem Blick stand, fest entschlossen, nicht die Erste zu sein, die wegsah. Fest entschlossen, eine andere Antwort zu hören. Ihr war es gleichgültig, ob auf der Station viel los war, dass irgendwo ganz in der Nähe das Baby immer noch mit schwacher Stimme weinte und sich nicht beruhigen ließ.

Sie wollte eine andere Antwort.

Die kam nicht.

FÜNFZEHN

Sie träumte. Alles war verschwommen, zerfiel. Eine Marionette ohne Fäden. Zu früh, zu dunkel. Sie versuchte, sich an irgendetwas festzuhalten, aber es entglitt ihr.

»Megan, Schatz, ich muss bald los.« Alles geflüstert, wie als wäre es ein Geheimnis. »Komm, Schatz, steh auf. Ich möchte wegkommen – sobald der Verkehr nachlässt. Ich brauche gute zwei Stunden.«

Großvaters Geburtstag. Oh nein. Die Party, die sie nicht besuchen wollte. Und sie wusste nicht, wie sie es sagen sollte.

Mams kühle Hand auf der Stirn. »Alles in Ordnung mit dir?«

Wie konnte jemals wieder alles in Ordnung sein? »Ja, klar, Mam. Ich habe nur vergessen, mir den Wecker zu stellen.«

Es war lange her, seit sie sich einen Wecker gestellt hatte.

»Dir geht es doch besser, oder?«

Drei Monate waren seit ihrer Operation vergangen. Megan lächelte, um Mam mitzuteilen, dass alles in Ordnung war. Immer fröhlich. Immer gut drauf. Mam sollte denken, dass alles gut war. Kinderleicht. »Mach kein Theater, Mam.«

Die meiste Zeit ging es ihr besser. Wirklich. Und sie war froh, dass sie nichts mehr mit Krankenhäusern zu tun hatte, mit Elefanten auf den Vorhängen und Oktopus-Sitzkissen und kleinen Kindern und Schwester Brewster.

Nur.

Megan ließ ihre Hand unter ihr Kissen gleiten … für alle Fälle … nur um sicherzugehen, dass alles noch da war. Natürlich war alles noch da. Nichts hatte es fortgezaubert. Nichts konnte es fortzaubern.

Mam zog die Vorhänge auf und Sonnenlicht fiel ins Zimmer. Sie trug Dads Bademantel. Blauer Frottee. Nur ein ganz kurzes Ding, sie verschwand förmlich darin, es bauschte sich um ihre Taille, sie sah darin dick aus. Ihre Haare waren noch nass vom Duschen, ihre Wangen gerötet.

Warum stand sie immer noch da, wenn sie es so eilig hatte?

»Stimmt was nicht?«

»Ich wollte dich nur fragen, ob du … ob du es dir überlegt hast, mit dem Krankenhaus …? Ich könnte einen Umweg machen. Die neue Station ist was Besonderes und sie haben dich eingeladen.«

Nicht das wieder.

»Nur um dich mal blicken zu lassen. Schwester Brewster sagt, sie würde sich wirklich freuen.«

»Mam!«

»Aber es ist doch die Einweihungsfeier! Das ist etwas Wichtiges. Ein Abgeordneter kommt, einer aus London, und dann so eine Frau aus *X-Factor* – wie heißt sie noch mal? Ach, fällt mir nicht mehr ein. Du weißt schon.«

»Mam …«

»Und die Presse. Fernsehen. Es ist ein Riesending.« Die Worte strömten schier endlos aus ihr heraus. »Das Krankenhaus liegt auf meinem Weg und du kannst mit dem Bus zurückfahren. Es gibt eine neue Busverbindung.«

Würde sie denn niemals, niemals aufgeben?

»Ich will da nicht hin, Mam. Ich hab's dir doch gesagt. Jedes Mal wenn du gefragt hast. Es ist mir völlig egal, ob es eine dämliche Einweihungsfeier gibt. Auch wenn du immer wieder damit anfängst, ich werde meine Meinung nicht ändern.«

Mam sah frustriert aus.

Sie würde noch viel frustrierter aussehen, wenn sie erst erfuhr, dass Megan auch nicht zu Großvater fahren wollte. Dass sie alle umständlich organisierten Pläne über den Haufen werfen würde, die Pläne, die vorsahen, dass Mam schon mal vorausfahren und das gesamte Gepäck mitnehmen würde, während Megan auf Dad warten und dann mit ihm gemeinsam anreisen sollte.

Aber … immer nur eine Enttäuschung auf einmal.

»Na gut. Wenn du es so haben willst«, seufzte Mam und schüttelte den Kopf.

»Will ich. Das weißt du.«

Megan weigerte sich, sie anzusehen, weigerte sich, auch nur in ihre Richtung zu sehen. Bis sie hören würde, dass die Tür auf- und wieder zuging, bis sie wusste, dass Mam auf der anderen Seite der Tür stand.

Aber sie war noch im Zimmer. »Hör zu, Schatz, ich bin für dich da, wenn du darüber reden willst …«

Megan antwortete nicht, machte nicht den Versuch, Mam das zu sagen, was sie die ganze Zeit vor sich hergeschoben hatte. Sie wartete nur darauf, dass die Tür zuging und Mams Schritte sich entfernten.

Unter ihrem Kissen lagen die Zeichnung, die sie so liebte, und der Brief, den sie so hasste. Beides zu festen, kleinen Quadraten gefaltet. Alles, was sie ausmachte, hatte sie da hineingepresst. Die Megan, die sie einmal war, damals im Krankenhaus. Sie versuchte, nicht daran zu denken. Aber es war ein Schmerz, den niemand aufhalten, niemand von ihr nehmen konnte.

»Was mache ich bloß mit dir?«

Mams Stimme klang so angespannt, als zerreiße sie jeden Moment, wie ein zu straffer Draht. »Sag es mir, ich weiß es einfach nicht.« Sie stand vor dem Toaster. Ein schwarzer Rauchfaden stieg auf und schwarz verkohlte Toastscheiben schossen aus dem Gerät. »Jetzt sieh mal, was passiert ist. Und wir haben kein anderes Brot mehr.«

Und es war alles ihre Schuld. Alles, was irgendwo auf der Welt schieflief, war ihre Schuld. Megan stand da und wartete darauf, dass Mam sich beruhigte, dass sie nicht mehr Megan die Schuld für den verbrannten Toast gab oder sie zu einem Besuch bei irgendwem zu überreden versuchte. Sie war jetzt vierzehn, alt genug, sich um sich selbst zu kümmern. Sie versuchte, ein Gesicht zu ziehen, als täte es ihr leid, dass sie so viel Ärger machte. Sie versuchte, Mam zu zeigen, dass sie wusste, wie schwer alles auch für sie gewesen war, mit dem Krebs, dem Krankenhaus, den ganzen Sorgen und so weiter.

Aber sie schaffte es nicht.

»Ich will einfach nicht hin. Ich weiß, ich hätte das schon längst sagen sollen.«

Mam kratzte das Verbrannte vom Toast ab, mit raschen, heftigen Bewegungen. Krümel flogen durch die Küche, regneten in die Spüle. Winzige schwarze Flecken sprenkelten das weiße Emaillebecken.

»Doch, das wäre sehr hilfreich gewesen.« Mam klatschte Margarine auf den Toast, mehrere Schichten. Mehr Butter als Brot. »Wo genau möchtest du jetzt nicht hingehen? Zu Großvater? Oder in die neue Station? Egal wie, andere Leute werden enttäuscht sein. Sogar gekränkt. Willst du das denn? Menschen kränken, nachdem sie so viel für dich getan haben?«

Oh Mann, Mam. »Ich will einfach nicht zu einer Feier gehen. Egal wessen Feier. Nicht mal zu der von Grandad.«

»Es ist sein sechsundneunzigster Geburtstag! Vielleicht ist es sein letzter!« Mam biss krachend in ihren Toast. Er explodierte, kleine Stücke flogen überall herum. »Ich werde gleich verrückt!«

Megan holte tief Luft und machte den Tisch sauber.

Jedes Jahr das Gleiche. Es konnte Großvaters letzter Geburtstag sein.

Ja, das stimmte. Es konnte sein letzter sein. Keiner kann ewig leben.

Manche Menschen lebten überhaupt nicht mehr.

»Ich hätte nie erlauben dürfen, dass du hier wartest, bis Dad zurückkommt.«

Mam sauste durch das Haus, sammelte letzte Sachen ein. »Ich muss den Verstand verloren haben.«

»Gemma übernachtet bei mir«, sagte Megan. Sie versuchte, überzeugend zu klingen.

»Dein Vater soll das entscheiden. Er findet es bestimmt nicht gut, dass hier zwei Vierzehnjährige sich selbst überlassen sind. Nicht für eine ganze Woche. Das spricht sich herum. Alle möglichen Gestalten werden vor eurer Tür stehen, die wollen dann

Partys feiern, einen draufmachen.« Mam feuerte ihre Tasche in den Kofferraum. Jetzt war alles verstaut. »Wahrscheinlich ist das noch nicht einmal legal.«

Mam machte noch einmal ein Riesentheater, ging erneut durchs Haus, um zu kontrollieren, ob sie nichts vergessen hatte. Tasche. Schlüssel. Handtasche. Die blaue Bluse. Nein, die war bereits eingepackt. Und die silbernen Sandalen, die zu ihrem Kleid passten. Geburtstagsgeschenk. Blumen für Mrs Lemon. Es war auch kein Problem, sie konnte noch zehn Minuten warten, bis Megan ihre Tasche gepackt hatte, dann musste sie die nicht auch auf der Zugfahrt mitschleppen ... Dads Sachen waren ja schon alle im Auto ...

Und das ging immer so weiter. Megan schwieg.

»Ich weiß überhaupt nicht, was ich Grandad sagen soll. Du bist doch immer zu seiner Geburtstagsfeier gekommen. Seit du auf der Welt bist.« Mam sah Megan vollkommen ratlos an.

Hätte Megan es doch bloß besser erklären können! Ihr war nicht nach Feiern zumute, aber das war es nicht allein. Sie sah auf ihre Füße hinunter, auf ihre Zehen, die sich in den Teppich bohrten, den grünen Nagellack, den sie erst gestern Abend aufgetragen hatte. Am kleinen Zeh war er verschmiert, klebte neben dem Nagel. Es sah schlampig aus.

»Er wird das doch verstehen, oder? Ich war krank. Er ruft doch dauernd an und sagt mir, ich soll es ruhig angehen. Sag ihm einfach, es geht mir immer noch nicht besser.«

Mam warf ihr einen bedeutungsvollen Blick zu.

»Es geht dir besser. Das haben sie im Krankenhaus gesagt.«

Sie marschierte ins Wohnzimmer bis zur Nische über dem Kamin, zog eine Schachtel hervor und schwenkte sie vor ihrer

Nase. Es war die Schachtel, in der sie die ganzen sterilen Materialien aufgehoben hatten, die Verbände, die Pflasterstreifen, das Tuch, alles, um ihren Tropfeingang sauber zu halten und zu schützen, wenn sie zu Hause war. Die Schachtel und ihr Inhalt, eine ständige Erinnerung an die Tatsache, dass sie Krebs gehabt hatte.

»Schau her. Siehst du? Sie ist leer. Ich habe alles weggeworfen. Und jetzt falte ich das zusammen und schmeiße es in die Papiertonne.«

Mam boxte gegen die Schachtel, bis diese flach zusammengedrückt war, dann schoss sie durchs Wohnzimmer bis in die Küche wie eine abgefeuerte Gewehrkugel. Sie warf den eingedrückten Karton in die Kiste, in der sie bis zum Müllabfuhr-Termin den Abfall sammelten. Dann fuhr sie herum und starrte Megan an, ihr Gesicht vor Zorn verzerrt. Dieser für Mam untypische Wutanfall machte Megan Angst, sie zog den Kopf ein.

»Doch, es geht dir besser!«, schrie Mam. Und dann brach ihr Zorn von einem Moment auf den anderen in sich zusammen. Und sie sank auf den Stuhl neben dem Telefon, in ihrem Gesicht bildeten sich rote Flecken. »Oh Gott, ich führe mich auf wie eine Tobsüchtige.«

Megan spürte, wie ihr Bauch sich verhärtete. »Es tut mir leid. Wirklich. Es ist nur …« Ach, warum konnte sie es bloß nicht erklären? Warum verstand Mam es nicht? Aber wie konnte sie das, wenn Megan selbst es nicht verstand?

»Jaja. Ich weiß, dass es dir leidtut.« Mam schloss die Augen und stieß Luft durch die Nase. »Mir auch.«

Dann war es still, bis auf das Ticken der Küchenuhr. Sie tickte sehr laut. Der große Zeiger zitterte, wenn er sich bewegte, als sei die Zeit zu schwer, um sie immer weiter vorwärtszuschieben, als wüsste er, was für ein Durcheinander es auslösen würde, wenn man sie anhielt, dass alle verloren wären, zwischen den Sekunden gestrandet.

Megan wusste nicht, was sie tun oder sagen sollte, und sie wollte auch nicht, dass Mam Auto fuhr, wenn sie so aufgeregt war. Noch etwas, was sie sich vorwerfen konnte. Es konnte einen Unfall geben oder so etwas.

»Willst du eine Tasse Tee? Bevor du losfährst?«

Mam seufzte. Sie stand auf und strich sich die Kleider glatt, als seien diese allein durch die ganze Aufregung, die ganze Wut schon zerknittert. »Nein, danke. Ist schon in Ordnung. Ich halte unterwegs mal an und trinke einen Kaffee.«

Sie breitete die Arme aus wie zur Entschuldigung, als wäre alles ihr Fehler, dieser Ausbruch, dieser unerwartete Ausraster. Megan ließ sich in Mams Arme fallen, ließ es zu, dass Mam sie fest an sich drückte.

Endlich fuhr Mam los. Megan versprach, sich um Dad zu kümmern, wenn er am folgenden Tag zurückkam, darauf zu achten, dass er lange genug schlief, bevor er sich in den Zug zu Großvater setzte. Mit Jetlag würde er auf der Feier keine gute Figur abgeben.

»Und für den Fall, dass du es dir doch noch überlegst«, sagte Mam, »deine Fahrkarte liegt da. Wir kriegen das Geld nicht zurück. Es wäre wirklich eine Verschwendung, sie verfallen zu lassen.«

Megan ignorierte das so freundlich, wie sie nur konnte, und sagte, sie würde Gemma anrufen und ausmachen, um wie viel

Uhr ihre Freundin herüberkommen sollte. Im Gefrierfach befand sich noch jede Menge Essbares. Sie würden zurechtkommen. Kein Grund zur Sorge.

Damit musste sich Mam zufriedengeben. Sie fuhr los, winkte noch einmal und schüttelte den Kopf: Teenager, warum mussten die bloß so kompliziert sein! Sie durfte auf keinen Fall erfahren, dass Gemma heute Abend mit den Zwillingen auf ein Konzert gehen würde und deswegen nicht bei Megan übernachten konnte. Sie durfte nicht erfahren, dass Megan überhaupt nicht wollte, dass Gemma kam, sie noch nicht einmal gefragt hatte. Wozu auch?

Sie brauchte nur einen einzigen Menschen.

Dad würde ihr bestimmt den Kopf waschen. Das tat er immer, wenn Mam ihn dazu zwang.

Aber er war weich; er war derjenige, der aus reiner Butter bestand, während Mam hart sein konnte wie Stein. Er war derjenige, der dahinschmelzen konnte. Er würde es einsehen. Megan würde ihn losschicken. Aber Megan war entschlossen, dass sie ihn allein zu Großvater schicken würde.

Dann hatte sie endlich ihre Ruhe.

Niemand, der an ihr herumzerrte, niemand, der ihr sagte, was sie zu tun hatte, jetzt, wo es ihr besser ging. Schau auf das Jetzt. Auf die Zukunft. Zurück auf die Gleise. Das sagten sie alle. Und wie bitte schön sollte sie das anstellen? Wo die Gegenwart doch nur ein großes schwarzes Loch in ihr drin war? Wo die Zukunft so weit entfernt lag, dass man sie nicht erkennen konnte? Wo die Gleise doch weggerissen waren?

Alles hatte sich verändert. Gemma passte nicht mehr in ihr Leben, auch die Zwillinge nicht. Nicht einmal Großvater. Keiner passte mehr. Auch nicht Mam und Dad. Es war, als stecke sie zwischen zwei Welten fest, käme nicht vor und nicht zurück, als wisse sie nicht, welche sie wählen sollte. Keiner von beiden Welten wollte sie wirklich angehören.

Gemma hatte angerufen. Sie hatte gefragt, ob Megan mit aufs Konzert kommen wollte. Es war keine besonders tolle Band oder so etwas, aber ein paar Jungs aus der Schule spielten mit – die kannten sie, mochten sie und so weiter.

Megan plapperte irgendetwas daher über Großvaters Geburtstagsfeier.

»Ach, seine Party. Hab ich ganz vergessen.« Gemma wusste über die Geburtstagsfeiern Bescheid. Sie hatte Großvater vor Kurzem endlich kennengelernt, als er Megan zwischen zwei Chemos besuchte. Er hatte sie und die Zwillinge zu seiner nächsten Geburtstagsfeier eingeladen. »Richte ihm von mir herzliche Glückwünsche aus.«

Später stellte sich Megan vor den Spiegel und kontrollierte, ob so viele Lügen einen Menschen äußerlich veränderten. Sie taten es nicht. Sie fuhr mit den Fingern durch ihre braunen Stachelhaare. Die Narbe war noch immer zu spüren. Sie zuckte jedes Mal zusammen, wenn ihre Finger sie berührten, die feine Erhebung, den ebenmäßigen Bogen. Es tat nicht weh, hatte genau genommen schon ganz lange nicht mehr wehgetan. Es war mehr der Gedanke an die Tatsache, dass diese Narbe vorhanden war, an ihre Ursache. Dieser Gedanke war es, der sie erschaudern ließ.

In der Schublade unter dem Spiegel lag eine Tube Haargel. Megan rieb sich ein bisschen davon in die Haare, um zu sehen, wie das aussehen würde. Sie runzelte die Stirn. Ein Hofbesen.

Danach sah es aus. Ein Bündel Stacheln auf dem Kopf und der Rest dünn wie ein Besenstiel.

Es sah nicht besonders cool aus. Nicht hier, nicht außerhalb des Krankenhauses, der Station.

Sie ließ sich ein Bad einlaufen, drehte beide Hähne auf, sodass Wasserfälle gegen den grünen Plastikboden der Wanne donnerten, Gischt in Wolken aufsprühte. Der Lärm war so groß, dass sie es nicht hören konnte, wenn das Telefon klingelte. Die Tür war geschlossen, die Entlüftung eingeschaltet und das Duschradio, das mehr Gezische als Musik erzeugte, auf volle Lautstärke gedreht. Der Anrufbeantworter sollte Großvater zuhören, falls er anrief, oder Mam oder sogar Dad, der vielleicht schon von einem Flughafen irgendwo am Ende der Welt eine Diskussion mit ihr anfangen wollte.

Er sollte es nur versuchen. Er sollte ruhig argumentieren, nachdem seine eigene Stimme ihm mitgeteilt hatte: *Wir sind gerade nicht da, bitte hinterlassen Sie eine Nachricht, wir rufen dann zurück.* Und er sollte warten.

Sie würde einfach nicht zu dieser Geburtstagsfeier gehen.

Normalerweise badete Megan nicht. Das war mehr Mams Stil, wenn sie sich entspannen wollte, die Alltagssorgen vergessen, so wie sie das in der Werbung versprachen – sie besaß eigens für diesen Zweck eine Flasche mit blauem Badezusatz. Megan schüttete etwas davon in die Wanne. Dann ein bisschen mehr. Schaum blühte unter dem Wasserfall auf, in ganzen Sternengalaxien. Er wurde so dick, dass er den Lärm des einlaufenden Wassers schluckte. Dampf stieg zur Decke, waberte in Wolken durch den Raum und begann, sich auf den Kacheln über dem Wasserhahn niederzuschlagen.

Megan kletterte in die Wanne und versank im Wasser, bis sie im Spiegel nur noch eine Federboa aus Schaum um ihren Hals herum sehen konnte, einen Schaumbart an ihrem Kinn, Schaumzotteln an ihren Ohren. Die Wanne war voller Glitzerschaum, und bald verschwamm ihr Spiegelbild im Nebel.

Mam und Mrs Lemon würden jetzt den Ablauf der Feier besprechen. Wer kommen würde und wer nicht. Nicht dass sie das jemals gewusst hätten, bevor es so weit war. Leute aus dem Pflegeheim im Dorf würden kommen. Großvater hatte ihnen bestimmt seinen Spezialbesuch abgestattet und sie daran erinnert, und nun mussten sie alle frisch geduscht und gepudert und nett angezogen bereitstehen, wenn der große Tag anbrach. Großvaters Geburtstag kam für sie gleich nach Weihnachten.

Er nannte die Bewohner des Pflegeheims die »armen alten Leutchen« und sagte solche Sachen wie »der Kelch ist an mir vorübergegangen« oder so. Als Megan klein war, hatte sie nicht verstanden, welchen Kelch er meinte, nur dass in diesem Kelch wohl ein Getränk war, das Großvater nicht mochte. Er hatte immer noch seine eigenen vier Wände. Das war eine gute Sache, hieß es, in seinem Alter.

Großvater meinte, wenn er erst einmal das Jahrhundert voll gemacht und die Königin ihm ein Telegramm geschickt hätte, würde er die großen Feiern aufgeben und sich mit einer kleineren Veranstaltung in seinem Vorzimmer begnügen, ein paar Gläsern Sherry und Biskuitkuchen, so wie bei den »armen alten Leutchen«.

Zu diesem Zeitpunkt, so meinte er, würde er sich ihnen dann vielleicht zugehörig fühlen. Aber ins Pflegeheim würde er niemals ziehen. Wenn er nicht mehr alle Tassen im Schrank hatte oder nicht mehr bis zum Hafen gehen konnte, dann sollten sie ihn erschießen, wie ein altes Pferd. Er würde nie in »so ein Haus« ziehen, dann war ihm doch *Echinacea* noch lieber. Es war einer seiner Witze. Er meinte *Euthanasie*. Er meinte, wenn das Leben nicht mehr lebenswert war, wollte er nicht mehr leben.

Megan schnippte gegen die Luftblasen, die sich an ihre Zehen gesetzt hatten. Manche Menschen hatten da gar keine Wahl. Manchen Menschen war es noch nicht einmal vergönnt, halb so lang zu leben wie Großvater, nicht einmal ein Viertel so lang.

Sogar noch weniger.

Sie schraubte das Ergebnis hinunter bis auf ein Zehntel.

Der Seifenschaum entfernte sich wie ein zögernder, glitzernder Fischschwarm, kehrte zurück wie von ihrer Haut angezogen. Das Wasser kühlte allmählich ab. Die Wanne war so voll, dass Megan kein heißes Wasser dazulassen konnte. Das Wasser plätscherte jetzt schon gegen das Gitter des Überlaufs.

Megan setzte sich in der Wanne auf, tastete nach der Seife und ließ sie zwischen ihren Handflächen aufschäumen. Dabei begannen die Seifenblasen um sie herum nach und nach zu platzen. Ganze Schwaden verschwanden in sprühenden Mini-Explosionen, als hätte sie einen Zauberstab geschwungen, nicht nur ein gelbes Stück Seife. Einige wenige letzte Blasen hielten durch, aber nicht lange. Dann verschwanden auch sie, ihr winziges Leben endete, einfach so.

SECHZEHN

Das Telefon klingelte, und Megan war klar, dass es ein Anruf von Mam war. Um diese Zeit lief im Fernsehen die neueste Folge von *Eastenders.* Mrs Lemon wollte die bestimmt nicht verpassen, aber Mam konnte die Serie nicht ausstehen und Großvater noch weniger.

»Ich wollte nur hören, ob alles in Ordnung ist.« Mams Stimme klang nicht mehr wütend oder verzweifelt, eher schicksalsergeben. »Ich habe hier ausgerichtet, was mit dir los ist, aber Mrs Lemon sagt, ohne dich können sie nicht richtig feiern. Du sollst dich also bitte bald besser fühlen und dich hierher begeben.«

Im Hintergrund war leises Lachen zu hören. »Und hier ist noch jemand, der mit dir sprechen möchte – da hast du sie, Dad.«

Einen Moment war es still. Megan sah vor sich, wie Mam Großvater das Handy reichte, wie er erst einmal überlegte, wie er es halten musste – er hatte sich immer noch nicht daran gewöhnt, nach so langer Zeit noch nicht.

»Hallo, mein Lämmchen«, meldete er sich schließlich mit seiner dünnen, melodischen Stimme. Seine Altmännerstimme zu hören, das fühlte sich an, als würde man eine Tasse von Mrs Lemons selbst gemachter Suppe essen, die mit den ganzen Schinkenstückchen und Linsen drin. Megan fühlte sich plötzlich hungrig. Sie fühlte sich, als würde das große, schwarze Loch in ihr drin immer größer werden. Tränen traten ihr in die Augen.

»Es tut mir leid, dass ich nicht komme, Grandad.«

»Das sollte es auch. Es gibt schließlich so viel zu tun! Aber ist schon in Ordnung.«

»Wirklich?«

Großvater lachte. »Natürlich, mein Lämmchen. Wenn dir nicht nach feiern zumute ist, zwinge ich dich doch nicht dazu, wer bin ich denn? ›Uns bleibt immer Paris‹, nicht wahr?«

Er war nie in Paris gewesen, hatte sein Dorf nie verlassen, mit seinem kaputten Bein hatten sie ihn noch nicht mal im Krieg eingezogen. Er hatte nie etwas aus seinem Leben gemacht, hatte er einmal gesagt. Aber er mochte diesen Film, *Casablanca*.

»Immer«, sagte Megan.

»Du kannst auch noch nach der Feier herkommen.« Sagte ihm Mam alles vor? Stand sie direkt neben ihm wie eine Souffleuse?

»Aber die Schule geht bald wieder los, Grandad, Anfang September.« Bis dahin waren es nur noch eineinhalb Wochen.

Wieder war es einen Moment lang still, als suche Großvater nach der Lösung einer Knobelaufgabe.

»Ja, natürlich. Daran habe ich gar nicht gedacht.« Dann wurde er wieder munter. Es klang echt, nicht aufgesetzt. Megan kaute an ihrer Unterlippe. Großvater bemühte sich so tapfer, immer positiv zu wirken, versuchte so tapfer, nie gekränkt zu sein oder sich zu viele Sorgen zu machen. »Dann geht alles wieder los mit deinen Freunden und dem Fußball und so weiter. Natürlich! Alles wieder so wie vorher. Das wird richtig gut, oder?«

Ihre Kehle war wie zugeschnürt. Er klang immer so, als gäbe es nichts, was ihn längerfristig unglücklich machen könnte, und als erwarte er, dass es allen anderen genauso ging. Aber wie konnte er wissen, wie sie sich fühlte? Er konnte es nicht. Würde es nie können. Er mochte ja schon fast sechsundneunzig sein, aber trotzdem wusste er es nicht.

Sechsundneunzig. Wie konnte ein Mensch so lange leben?

»Bist du noch da, Lämmchen?«

»Ja, Grandad. Bin noch dran.«

Sie rang nach Worten. Sie wollte im Moment nicht mit jemandem reden, der so alt war. Sie wollte nicht die Tatsache feiern, dass ein Mensch beinahe hundert Jahre alt wurde und immer noch so redete, als würde alles ewig weitergehen.

Als Gemma einen Tag später wieder anrief, klang sie überhaupt nicht wie immer.

»Ich dachte, du fährst weg? Aber meine Mutter hat gesagt, sie hat dich heute Morgen beim Einkaufen gesehen. Ist alles in Ordnung?«

Noch nie hatte sie so viel auf einmal gesagt. Das konnte nur eines bedeuten.

Megan schwieg einen Moment lang. Noch mehr Lügen!

»Ich dachte, ich warte, bis Dad nach Hause kommt. Dann fahre ich mit ihm hin.« Die Uhr schlug. »Er müsste bald kommen. Wir fahren dann morgen los.«

»Ach so. Das hast du nicht gesagt. Als ich dich angerufen habe, hättest du mir das ja sagen können.«

»Ich habe mich erst gestern so entschieden.«

»Dann hättest du abends mit uns zum Konzert gehen können. Du hättest bei mir übernachten können. Mam hat doch nichts dagegen. Sie würde dich so gern mal wieder sehen. Möchtest du nicht jetzt herkommen?«

Und was genau tun? All den Kram, den sie früher immer getan hatten? Als wäre nichts geschehen? Als wäre alles immer noch wie vorher? Klamotten austauschen? Haare glätten? Make-up ausprobieren? Die Seite mit den Leserfragen? Über Jungs reden? Nichts würde so sein wie früher, niemals wieder.

»Kann nicht. Dad kommt schon gleich.«

»Soll ich dann rüberkommen? Bis er da ist?«

Gemma war gekränkt. Das war der Punkt. Sie stampfte nicht mit den Füßen und schrie herum, wie die Zwillinge es taten, wenn sie sich aufregten. Sie war dabei still, wie bei allem, was sie tat, sie machte niemandem einen Vorwurf und urteilte nicht leichtfertig, sie war fair und versuchte, jedes Problem zu verstehen, nachdem sie es sich erst mal angehört hatte. Aber man konnte es ihr ansehen. Man sah es in ihren Augen, an ihrem Mund. Und, das wurde Megan klar, man hörte es am Klang ihrer Stimme, an der Menge der Worte, die sie benutzte.

»Es dauert nicht mehr lang. Ich muss jetzt aufhören.«

Das ließ Gemma nicht durchgehen. »Sind wir denn keine Freundinnen mehr?« Da war es. Nur ein leichtes Zittern, kaum wahrnehmbar, wenn man Gemma nicht kannte. Sie waren seit der Grundschule Freundinnen. Seit sie acht Jahre alt waren, als Gemma neu in die Klasse gekommen war und niemanden gekannt hatte.

»Doch. Klar sind wir das.« Megan seufzte. Geh weg. Lass mich in Ruhe. Dad kommt bald nach Hause und wird nicht besonders zufrieden mit mir sein.

Ich kann nur mit einem Problem nach dem anderen fertig werden.

»Aber es fühlt sich nicht so an. Es ist so, als wolltest du nichts mehr mit mir zu tun haben. Auch nicht mit den Zwillingen.« Eine kurze Pause. »Ich weiß, dass du krank warst und dass es ganz schlimm war und alles. Und ich weiß nicht, wie es wirklich war. Aber du hast mir gefehlt. Und du rufst mich nie an. Oder schreibst mal eine SMS. Immer bin ich diejenige. Und es tut mir leid, dass ich dich nicht besucht habe, aber …«

»Du hattest zu tun … das macht nichts. Das Krankenhaus ist sowieso zu weit weg, weiß ich doch.«

»Ja, na ja, alles zusammen. Schule und so weiter. Aber es macht schon was … Und ich hatte Angst.« Jetzt weinte Gemma. »Und ich wusste nicht, was ich sagen sollte. Oder tun. Oder fragen. Ich habe mir ein Buch darüber geholt, aber ich konnte es nicht mal lesen. Und ich habe im Internet nachgesehen, und da stand alles, mit Fotos von Kindern, dass sie sterben und alles, und …«

Es gibt ein Buch darüber, wie es ist, wenn eine Freundin Krebs hat? Vielleicht sollte Megan es lesen, um zu erfahren, wie das alles funktionierte.

»Na ja, ich bin ja noch da«, sagte Megan, obwohl sich das anfühlte wie die allergrößte Lüge. Sie war da und doch nicht da.

Draußen fuhr ein Auto vor. Möglicherweise ein Taxi. Jetzt hörte sie Stimmen. Es konnte irgendjemand sein.

»Ist schon gut, Gemma. Ehrlich. Ich muss aufhören. Dad ist gerade gekommen.«

Vielleicht stimmte es. Vielleicht auch nicht.

SIEBZEHN

Entspannt wie eine Großkatze räkelte sich Dad in seinem Sessel, gähnte und streckte sich. Gleich nach seiner Ankunft hatte er geduscht, sich rasiert, und nun sah er dunkel aus, glänzend, wie Holz, so braun gebrannt war er. Was er brauchte, war Schlaf, aber vor zehn Uhr durfte er auf keinen Fall nach oben gehen, damit er seinen Jetlag überwinden konnte. Anordnung von Mam.

»Mann, du bist aber eine knallharte Frau!«, sagte er und gähnte schon wieder. »Genau wie deine Mutter. Ach so, wir müssen übrigens daran denken, dass wir die Post zu Grandad mitnehmen. Auch wenn wir in einer Woche wieder da sind. Achte darauf, dass eine oder zwei Rechnungen dabei sind. Du weißt doch, wie gern sich Mam über Rechnungen aufregt.«

Megan setzte sich auf den Boden. In der Hand hielt sie ein Bündel Briefe, die gerade angekommen waren, und die Post vom Tag zuvor.

»Ich hab sie hier. Heute Morgen ist ein ganzer Stapel gekommen.« Sie begann, die Post durchzusehen, während sie sich fragte, ob Dad wohl schon wusste, dass sie ihn nicht begleiten wollte.

Die Zeitungen lagen für Dad bereit, ein ganzer Stapel, der darauf wartete, gelesen zu werden. Er blätterte sie gerne durch, versuchte, sich über das aktuelle Weltgeschehen zu informieren, wenn er wieder zu Hause in seinem eigenen Sessel saß. Aber er saß nur da, und nach einer Weile wurde Megan bewusst, dass er sie ansah. Das war es. Der Moment, in dem er versuchen würde, sie davon zu überzeugen, dass sie ihn unbedingt zu Großvater begleiten musste, und sie musste ihn davon überzeugen, dass sie das nicht tun würde.

»Ist es meine Frisur?«, fragte sie. Sie spielte auf Zeit.

»Nein, das ist es nicht.« Dad verschränkte die Hände ineinander. Jetzt würde er damit herausrücken. Ernsthaftes Gespräch. Er sah plötzlich noch viel müder aus. Vielleicht wäre es am besten, er würde gleich ins Bett gehen und bis morgen durchschlafen. »Ich habe gehört, du hast einen Brief bekommen.«

Megan wurde stocksteif. Ihr Herz fing an, kleine, panische Sprünge zu machen.

Sag mir, dass ich zu Grandad fahren muss.

Zwing mich mitzufahren. Rede nicht über den Brief.

Ich habe so oft gelogen. Willst du darüber nichts wissen?

Und Gemma kann mich nicht mehr ausstehen. Wir können über sie reden.

»Mam hat mir davon erzählt. Sie war unglücklich, hat sich Sorgen gemacht wegen dir.«

Das schwarze Loch kam zurück, es wurde wieder größer. Wie es das immer tat mit jeder einzelnen Erinnerung, jeder einzelnen Stunde im Krankenhaus, an die sie sich erinnerte. Und es ging nicht mehr weg. Es ging nie weg. Egal, wie sehr sie sich bemühte, es loszuwerden. Aber Dad sah sie immer noch an, als erwarte er eine Antwort, wo er sie doch schon bekommen hatte, als erwarte er, dass sie sich erinnere, obwohl es so wehtat.

»Ja, da war ein Brief.«

»Es hat mir so leidgetan, als ich davon gehört habe«, sagte Dad. »So leid. Ich wollte dich anrufen, aber ich wusste nicht, was ich sagen sollte. Ich wollte dir lieber in die Augen sehen. Aber jetzt weiß ich immer noch nicht, was ich sagen soll.«

»Es ist in Ordnung«, sagte sie. »Mir geht's gut.«

Sie starrte auf die Briefe, die auf dem Boden lagen. Hauptsächlich weiße Umschläge, einige braun mit Sichtfenstern, immer dieselbe schwarze Schrift, derselbe Name, dieselbe Adresse, alles genauso wie auf dem Brief, der damals gekommen war.

Er war an Mam adressiert gewesen, und durch den Stempel des Krankenhauses hatte er beängstigend offiziell ausgesehen. Megan kam sofort der Gedanke, alles sei ein Irrtum gewesen und der Tumor sei womöglich immer noch in ihrem Kopf.

Sie erinnerte sich, dass Mam sich hinsetzte und den Umschlag aufriss. Darin kam ein zweiter Umschlag zum Vorschein.

»Schwester Brewster hat ihn geschickt«, sagte Mam und öffnete den zweiten Umschlag, vollkommene Ratlosigkeit in der Stimme.

Megan hatte die Stirn gerunzelt, aber plötzlich war eine Hoffnung in ihr aufgeflackert, wie die Flamme einer erlöschenden Kerze, die im allerletzten Augenblick noch einmal Sauerstoff bekommt. Ja, natürlich! Warum hatte sie nicht selbst daran gedacht, Schwester Brewster zu bitten, einen Brief zu schicken. So einfach wäre das gewesen. »Er ist von Jackson, oder?«

»Er ist nicht von Jackson.« Mam zögerte, als sie ihn las. Sie reichte Megan den Brief. »Es ist von einer seiner Schwestern. Oh mein Gott. Es tut mir so leid, Liebes.«

Und Megan wusste es.

Sie wusste, was in dem Brief stand, noch bevor sie auch nur einen Blick darauf geworfen hatte. Sie hatte es gewusst, seit Schwester Brewster ihr gesagt hatte, dass Jackson nicht noch einmal auf die Station kommen würde.

Wie hätte sie es nicht wissen können?

Nach den ersten Zeilen hielt Megan den Brief Mam wieder hin. »Warum rücken sie nicht einfach damit raus?«

Mam faltete den Brief wieder und immer wieder, bis er nur noch ein kleines Quadrat war.

»Womit sollen sie rausrücken?«

»Dass er tot ist. Warum sagen sie es nicht einfach? Er war noch nicht mal sechzehn.«

Mam rührte sich nicht. »Er hat jetzt seinen Frieden, Schatz. An einem besseren Ort.«

»Wie kannst du so was sagen?«, schrie Megan. »Er müsste hier sein! Das hier ist ein besserer Ort!«

»Aber sie konnten nichts für ihn tun. Es steht in dem Brief, wenn du ihn gelesen hättest. Am Ende wollte er es so haben.«

Megan hatte ihre Hand so heftig auf die Tischplatte fallen lassen, dass die Tassen klapperten. Was wusste Mam denn schon von Jackson? Nichts. Absolut nichts. »Es ist nicht das, was er wollte! Ist es nicht!«, schrie sie. Ihr Kopf schmerzte, ihre Hand brannte wie Feuer. »Er wollte Musiker werden, er wollte leben! Das wollte er!« Mam legte die Arme um sie, aber Megan schüttelte sie ab. »Das ist nicht fair! Wie konnte er das tun?«

Sie rannte aus der Küche, so zornig auf Jackson, dass sie nicht weinen konnte, so wütend auf ihn, auf Mam, auf die ganze Welt, dass sie alle ihre Bücher vom Regal fegte, bam, bam, bam, machten sie, als sie zu Boden fielen, eins auf das andere. Eine Staubwolke stieg auf. Mam kam die Treppe heraufgerannt.

»Bleib draußen!«, schrie Megan. Tief in ihrem Inneren tobte ein Feuer. »Ich will nicht, dass du hier reinkommst! Geh weg, Mam!« Sie rannte zur Tür, stemmte sich dagegen. Die Schritte verharrten, dann entfernten sie sich wieder, die Treppe hinunter. Megan schloss die Augen, schloss das Sonnenlicht in ihrem Zimmer aus, ihr Atem kam in kleinen, keuchenden Stößen, als hätte sie ein Wettrennen gemacht. In ihrem Kopf war ein Schrei, und der Lärm war so ohrenbetäubend, dass sie nicht mehr nachdenken konnte.

»Aber weißt du, ich glaube das gar nicht, dass es dir gut geht«, sagte Dad und holte sie damit zurück in die Gegenwart. »Ganz und gar nicht. Und Mam macht sich Sorgen um dich.« Er seufzte. »Es war schwierig für sie, dir zu helfen … Wenn du nicht darüber sprichst … kann keiner helfen.«

Megan ertrug es nicht, ihn anzusehen, weil er sie gezwungen hatte, sich zu erinnern, und wenn sie sich erinnerte, loderten die Flammen in ihrem Inneren immer höher. Sollte das etwa helfen? Am besten war es, überhaupt nicht zu denken, konnte er das nicht verstehen? Und Mam auch nicht?

»Ich habe Jackson ja nur einmal getroffen«, fuhr Dad fort, als wollte er sie foltern, indem er Jacksons Name aussprach, als würde er noch leben, noch atmen und lachen, immer noch ihre Hand halten. »Aber ich habe mich gefreut, den Jungen zu treffen, von dem du ununterbrochen erzählt hast.«

Megan starrte auf den Stapel Briefe, dann wurde ihr schlagartig klar, was ihr Vater da gesagt hatte.

»Du hast ihn getroffen? Jackson?«

Dad runzelte die Stirn, er sah auf seine Hände. »Ja, natürlich«, sagte er. Er klang überrascht. »Er platzte nach deiner Operation rein und verlangte dich zu sehen, weil er entlassen wurde.« Megan erstarrte.

»Er ist gekommen? Er hat mich besucht?«

»Ja.« Dad sah sie an, als müsste sie das doch wissen. »Siobhan hat ihn hereingeschoben. Der Junge saß im Rollstuhl, aber er war wirklich wild entschlossen.« Dad sah aus, als würde er sich zunehmend unwohl fühlen, als dämmere ihm etwas Furchtbares. »Er hat gesagt, er müsste eine Geschichte zu Ende erzählen. Ich habe nicht viel mitbekommen. Du warst sehr krank. Ich habe mich nicht konzentriert.«

Jackson hatte sie besucht?

Das konnte nicht sein!

Durch Megans Kopf wirbelten tausend Gedanken. Wenn das stimmte, warum hatte es ihr niemand erzählt?

Dad fuhr fort: »Ich glaube, Jackson wusste schon, dass er dich vielleicht nicht wiedersehen würde … deswegen ist er gekommen.« Er schwieg einen Moment lang. »Um sich von dir zu verabschieden.«

Megan sah auf ihre Schuhe. Sie waren verschwommen, unscharf, als würden sie nicht wirklich zu ihren Füßen gehören. Ihre Kehle war zugeschnürt.

»Ich hab das nicht gewusst«, sagte sie. Ihre Stimme war nur noch ein leises Krächzen. »Das hat mir niemand erzählt. Warum hast du mir das nicht erzählt?« Etwas Riesiges begann in ihr aufzuquellen.

»Oh mein Gott.« Dad schlug sich die Hände vors Gesicht.

Er schloss die Augen, und einige Sekunden lang schien es, als würde er nicht weitersprechen. Sein Gesicht sah noch faltiger aus. »Du warst doch so krank. Wir … wir haben gedacht, wir würden dich verlieren …«, sagte er und seine Stimme versiegte fast. »Oh Gott, es tut mir so leid. Ich dachte, Mam hätte es dir erzählt.«

»Aber ich habe gedacht, er wäre einfach weggegangen … ohne etwas zu sagen … Die ganze Zeit habe ich gedacht …« Sie war kurz vor dem Explodieren, wie ein Gewitter.

Dad rutschte vom Sofa, setzte sich neben sie auf den Boden. »Ich weiß nicht, was ich sagen soll, Schatz. Ich weiß es wirklich nicht.« Megan konnte ihn nicht ansehen. »Und ich weiß, dass es ein Schock ist, aber jetzt, wo du es weißt, kannst du vielleicht …«

»Sag bloß nicht, dass das Leben weitergeht. Sag nicht, ich soll feiern und das Leben genießen«, sagte Megan mit flacher, kalter Stimme. »Bitte nicht. Das sagen sie alle.«

Dad nickte langsam. Er legte seinen Arm vorsichtig um ihre Schultern. Megan konnte seine Kraft spüren, seine Wärme. »Ich sage es nicht.«

»Er ist tot.« Die Wörter fühlten sich an wie kleine Steine in ihrem Herzen. »Es gibt nichts zu feiern.«

»Doch, gibt es schon.« Dad beugte sich über sie. Megan schüttelte den Kopf. Von einem Moment auf den anderen fühlte sie sich vollkommen elend. »Wenn Jackson es erreicht hat, dass du so für ihn empfindest, dann muss er ein ganz fantastischer junger Mann gewesen sein.«

Megan starrte auf Dads Schuhe, das Muster aus winzigen Löchern im Leder. »Er hat dich glücklich gemacht, das weiß ich genau. Er hat dir beigestanden. Und für Grandad war er der Größte, weil er das geschafft hat.«

Aber Jackson war nicht mehr da, mehr zählte für Megan einfach nicht.

»Und er war stark genug, bis zum Schluss zu kämpfen«, fuhr Dad fort. »Und das war so großartig an ihm. Das solltest du sehr wohl feiern.«

»Das kann ich nicht.« Megans Kehle füllte sich, ihre Augen füllten sich, alles in ihr war so zum Platzen voll.

Dad zog sie an sich. »Ich rede ja nicht davon, dass du mit bunten Ballons in der Hand herumrennen sollst, kreischen und tanzen. Ich meine damit nicht eine Party feiern wie die von Grandad.« Megan konnte nichts anderes tun als atmen, aber es war auf einmal leicht zu weinen, und jetzt tat sie nur noch das, wochenlanges Weinen, alles auf einmal. »Du sollst dich an die guten Zeiten erinnern, die du mit ihm hattest, Schatz, davon rede ich.« Dads Stimme brach.

»Weiß nicht wie«, schluchzte Megan. »Ich kann das nicht.«

»Du kannst. Du wirst.« Dads Stimme war fest. »Du hast eine schöne Zeit mit ihm verbracht, nicht wahr?« Megan nickte in seine Schulter. »Du sollst dich daran erinnern und dabei lächeln. Das meine ich damit, wenn ich sage, dass du ruhig feiern sollst.« Dad löste Megan vorsichtig von seiner Brust, seine warmen Hände umklammerten ihre Schultern. Er sah ihr tief in die Augen. »Ach, Schatz, eines Tages wirst du das können. Ich verspreche es dir. Eines Tages wirst du feiern.« Dann zog er sie wieder an sich und hielt Megan so fest, als würde er sie nie wieder loslassen.

ACHTZEHN

»Nanu! Hallo Fremde!« Schwester Brewster hatte sich in ihrer ganzen Größe vor Megan aufgebaut. Sie stemmte die Hände in die Hüften und musterte sie von Kopf bis Fuß. Sie klang verwundert, sah einen kurzen Moment lang auch so aus, dann war sie wieder die alte Schwester Brewster.

»Du hast die Einweihungsfeier verpasst«, stellte sie fest. »Die neue Station, du weißt schon.«

Megan überhörte das und reichte Schwester Brewster eine Tasche. Sie war sich immer noch nicht sicher, warum sie sich plötzlich dazu entschlossen hatte herzukommen. Ihr Magen verkrampfte sich, ihre Hände zitterten. »Die sind für Sie.«

»Oh, wunderbar. Das ist wirklich nett, aber du hast uns ja schon jede Menge geschenkt, als du entlassen wurdest, denk dran.«

»Die sind doch jetzt bestimmt schon alle aufgegessen. Schwestern lieben Schokolade. Außerdem hat Mam sie geschickt.« Wieder eine Lüge, aber es war ihr egal. »Das hier ist von mir.«

Megan überreichte eine weitere Tasche. »Für die neuen Räume. Wenn ihr sie wollt. Wenn das erlaubt ist.« Es waren ein halbes Dutzend ihrer eigenen CDs und DVDs. »Sie sind nicht neu oder so was.«

»Das ist aber nett, Megan, wirklich.« Schwester Brewster zog sie aus der Tasche und betrachtete sie. »Die sind wunderbar, Megan. Vielen Dank.« Sie legte sie beiseite und verschränkte ihre Hände. »Aber wir haben uns so sehr gewünscht, dass du zur Eröffnung kommst. Als unser Ehrengast. Warum bist du nicht gekommen?«

Megan schluckte. Sie wissen doch, warum, wollte sie sagen. Aber die Worte wollten nicht kommen.

Schwester Brewster sah Megan mit ihren großen Augen an, hielt sie beinahe fest, als gebe es viel mehr zu sagen, viel mehr zu hören. Aber auf der Station war immer viel los, sie hatte zu tun. Gerade jetzt im Moment weinte ein Baby, kreischte ein Kleinkind. Vielleicht sollte Megan wieder gehen.

»Möchtest du denn die Abteilung sehen, jetzt, wo du schon mal hier bist?« Megan sah zu ihr auf. In Schwester Brewsters Augen lag etwas unendlich Warmes, Freundliches, das nur ihr galt.

Megan versuchte zu lächeln. »Ich kann nicht lange bleiben. Dad ist zu Hause. Wir … müssen heute noch zu Grandad fahren. Er weiß nicht, dass ich hierhergekommen bin. Ich meine, er schläft noch, weil er wegen dem Flug Jetlag hat. Ich wollte ihn nicht stören.«

»Heißt das jetzt Ja oder Nein?«

»Haben Sie denn Zeit?«

»Natürlich habe ich Zeit. Aber warte mal eine Sekunde.«

Schwester Brewster verschwand, ließ Megan vor dem Schwesternzimmer stehen. Jemand tippte ihr auf die Schulter.

»Sieh mal an! Wer ist das denn?«

»Siobhan!«

Sie fielen sich in die Arme, strahlten einander an.

»Du siehst fantastisch aus! Ich hab's dir gesagt, oder?« Siobhan schien sich richtig zu freuen. »Wie geht es dir sonst so?«

So eine kleine Frage, nur ein paar Worte, aber die Antwort war zu riesig, um sie auszusprechen.

»Grandad wird am Sonntag sechsundneunzig. Es gibt eine große Feier.«

Siobhan lächelte. »Sechsundneunzig! Das ist ja ein unglaubliches Alter!«

»Ja, ist es«, sagte Megan. Verwundert stellte sie fest, dass sie plötzlich Stolz verspürte auf einen Großvater, der so ein hohes Alter erreicht hatte.

Siobhan drückte ihren Arm. »Und dann geht es wieder in die Schule! Das ist doch toll, oder?«

Megan nickte, weil Siobhan das ganz offensichtlich von ihr erwartete. Schwester Brewster kam, überreichte Siobhan einen Schlüsselbund und sagte an der Theke einige leise Worte.

»Unterwegs zur Abteilung?«, fragte Siobhan. »Die wird dir gefallen! Ich muss los. Melde dich, ja?«

Schwester Brewster marschierte auf die Türen der Station zu, entriegelte sie. Mit schnellen Schritten gingen sie den Hauptkorridor entlang, bogen rechts ab und folgten wieder einem Korridor. Schwester Brewsters schwarze Schuhe quietschten beim Gehen.

»Man muss mindestens dreizehn sein, um auch nur in die Nähe dieser Abteilung zu kommen, klar? Keine schreienden Babys, keine nervigen Krabbelkinder, keine Elefanten, kein Oktopus und keine Disneyfiguren. Vor allem keine Disneyfiguren!«

Megan grinste verlegen. Sie hatte sich so oft darüber beschwert …

»Es gibt einen Billard-Tisch. Wir haben eine Tischtennisplatte, einen Aufenthaltsraum, Musikraum, Ruheraum, Alles-Mögliche-Raum. Und jeder, der hierherkommt, muss Vorschläge machten, wie sich das Ganze noch verbessern lässt. Es gibt eine Kiste, in die man seine Kritikzettel einwerfen kann.« Schwester Brewster verzog das Gesicht. Sie erreichten eine Doppeltür, Schwester Brewster betätigte einen Schalter an der Wand und drückte die Türen auf. »So, das ist es.«

Unglaublich! Das war keine Krankenstation. Es war … fantastisch! Es sah aus wie eine Kulisse aus einem Film, beinahe schon Science-Fiction. Es roch komplett neu, wie etwas, was zum ersten Mal ausgepackt wird.

Schwester Brewster öffnete die Tür zu einem der Zimmer und winkte Megan herein.

»Flachbildfernseher für jeden, also keine Streitereien um das Programm.« Sie verschloss die Tür wieder. »Überall Internetzugang, Laptops, wir haben Musikinstrumente, Playstations …«

Megan erspähte eine Bewegung draußen.

»Eine Katze!«

Schwester Brewster warf einen kurzen Blick aus dem Fenster, bevor sie weiterging.

»Ach, der alte Kerl. Ist schon ewig hier. Wir nennen ihn Mr Henry.«

Megan folgte ihr, sie grinste, konnte ihre Augen nicht von der Katze abwenden.

»Wirklich?«

Sie dachte an Hering und Jackson, und ihr Herz schlug laut.

»Wir haben hier so einige Streuner. Sie heißen alle Mr Henry. Das macht die Sache einfacher. Also, jetzt sieh dir das an.« Eine

Tür schwang auf, dahinter erschien eine Küche. »Für diese ganzen Burger und den Kram, den ihr offenbar essen wollt. Pizza. Hier drüben«, Schwester Brewster sauste an Megan vorbei, »ist die Graffiti-Wand. Wir holen uns einen Künstler, wenn wir die Station für die ersten Patienten freigeben.«

»Wow!« Alles glänzte, roch neu. In einer Ecke lag ein riesiges, violettes Sitzkissen. Megan ging hin und stach mit dem Finger hinein. Es raschelte, quietschte. Sie ließ sich in das Kissen fallen, es gab unter ihr nach. Sie jubelte. »Das ist – cool, wie in einem vornehmen Hotel!«

»Ja, nicht wahr?« Schwester Brewster lächelte. »Wir freuen uns alle sehr darüber. Ganz bestimmt gibt es Anlaufschwierigkeiten, wenn es dann richtig losgeht, aber ich bin sicher, die können wir ausbügeln.«

Megan rappelte sich wieder vom Sitzkissen hoch, legte es richtig hin, klopfte den Abdruck ihres Körpers heraus, ihr sichtbar gemachter Nachhall. In einer Ecke standen ein Sofa und mehrere Sessel, ein Kaffeetisch und …

»Ist das eins von diesen Musikbox-Dingern?«

»Ja, genau. Glitzert ganz schön, nicht wahr? Jede Menge Musik drin. Ein paar Titel davon kenne ich sogar.« Sie lächelte. »Ich nehme an, wir können deine CDs da drin verwenden. Nicht dass ich wüsste, wie das funktioniert. Aber irgendjemand wird es hinkriegen.«

Schwester Brewster legte den Stapel aus Megans CDs und DVDs auf ein Regal neben der Musikbox. »Das sieht doch gut aus. Vielen Dank dafür. Der Grundstein für unsere Sammlung. Und hier …« Es gab noch einen Raum mit bequemen Stühlen und einem Teppich und noch leeren Regalen. »Ruhe zum

Lernen … oder einfach für jemanden, der mal ganz für sich sein möchte.« Sie verschränkte die Hände und sah mit ernster Miene auf Megan hinunter. »Und, gefällt es dir? Meinst du, das wird bei den Jugendlichen ankommen?«

Megan nickte. Sie war immer noch verblüfft, sog immer noch alles ein. »Es ist einfach fantastisch.«

»Wir haben gedacht, dass sich junge Leute, die Krebs haben, an so einem Ort wohlfühlen. Dass sie so besser damit zurechtkommen, dass sie im Krankenhaus sein müssen. Meinst du, das stimmt?«

Es war so schwierig, das alles aufzunehmen, schwierig, eine Antwort zu geben.

»Aber … was ist mit der Behandlung und all dem? Sie müssen dann woandershin, wo man das alles machen kann.«

Schwester Brewster schüttelte den Kopf. »Nein, das wird alles hier gemacht.«

Es wirkte so einfach, so wunderbar.

Megan stand mitten in der Abteilung, versuchte, alles aufzunehmen. Ein Gedanke kam ihr. »Und wie war das alles so schnell möglich?«

»Na ja, solche Abteilungen kosten über eine Million Pfund, wenn man sie neu baut, aber hier haben sie die alte Ambulanz komplett entkernt. Hier waren schon jahrelang Bauarbeiten im Gang. Ich bin überrascht, dass dir das nicht aufgefallen ist … auf deinen Spaziergängen … oder dass du es vom Fenster aus nicht gesehen hast.«

Megan lächelte. Wie hatte ihr das entgehen können?

»Und dann haben wir zusätzliche Gelder bekommen …« Schwester Brewster breitete die Arme aus, als wollte sie die ganze

Abteilung an sich drücken. »Von wem, das siehst du, wenn wir hier rausgehen. Jedenfalls, das wär's. Nächsten Monat kriegen wir die ersten Patienten. Sie kommen von überall her. So ruhig, wie es jetzt ist, wird es nie wieder sein, nehme ich an.« Sie waren jetzt wieder unterwegs zum Eingang.

»Werden Sie hier arbeiten?«, fragte Megan.

»Ja, werde ich wohl.« Schwester Brewster lächelte. »Ich weiß gar nicht, warum eigentlich. Na ja, da waren mal so zwei Jugendliche, um die ich mich kümmern musste, fällt mir gerade ein. Die haben mir nur das Leben schwer gemacht.«

Megan fühlte, wie sie errötete. »Aber es waren zwei der nettesten Menschen, die ich je kennengelernt habe, und über einen von ihnen redet hier immer noch jeder, von den Putzfrauen über die Fachärzte bis zum Techniker aus der Leichenhalle …«

Das war also nicht erfunden gewesen! Der gute alte Jackson!

Sie waren auf dem Weg zur Doppeltür, zur echten Krankenhauswelt, außerhalb dieses magischen Orts, der neuen Abteilung für Jugendliche. Schwester Brewster betätigte einen Schalter und drückte die Doppeltüren auf. Neben einer Plakette, die in die Wand eingelassen war, hielt sie an. Die Plakette bestand aus poliertem Holz, die Buchstaben waren hineingeschnitzt und mit Gold ausgemalt. Megan las die Inschrift, ihre Augen brannten, ihr Körper schien einfach zu zerfallen.

»Und, was denkst du?«

Megan konnte überhaupt nichts sagen, sie war so erfüllt von Stolz und Liebe und Sehnsucht.

Schwester Brewster legte ihr den Arm um die Schulter.

»Ich weiß«, sagte sie. »Genau das denke ich auch.«

NEUNZEHN

Megan drückte das Gartentor auf. Dad war wohl noch im Bett. Oder im Bad. Er mochte es, lange in der Wanne zu liegen, so wie Mam, mit jeder Menge Schaum. Er sagte, woanders sei es nie das Gleiche. Ein Bad war nirgendwo so schön wie im eigenen Zuhause.

Sie ging nicht ins Haus, sondern setzte sich auf die Bank, die Dad unter dem großen Baum gebaut hatte. Irgendwie konnte sie nicht klar denken. Vielleicht lag es an ihrem Besuch im Krankenhaus. Vielleicht lag es daran, dass sie die Abteilung gesehen, das Personal wieder getroffen hatte, jedenfalls war ihr Kopf voller Bilder und Klänge, Erinnerungen und Fragen, alles flog durcheinander wie Teile eines Puzzlespiels, und sie brachte nichts davon zusammen.

Von der Sonne geblendet schloss sie wieder die Augen, und nun war sie da, mittendrin im Puzzlespiel, und versuchte, es zu lösen. Ein Quietschen von Gummireifen auf dem Boden. Den Klang kannte sie. Ein Rollstuhl. Ja. Sie lag auf dem Bett, jede Menge Apparate um sie herum, die piepsten und zischten. Das Zimmer schien voller Leute zu sein, ihre Worte unverständlich. Aber da war jemand, der mit leiser, geheimnisvoller Stimme sprach.

Hunger lag über dem Land, monatelang kein Regen. Tag für

Tag brannte die Sonne von dem wolkenlosen Himmel, das Gras wurde braun wie eine Kaffeebeere. Auch die Bäume verdorrten, wurden braun, sie auch …

Murmeln, leichte Bewegungen. Verstohlenes Flüstern. Schritte. Vielleicht Schwester Brewster oder Siobhan. Oder war es jemand Neues? Wo genau war sie überhaupt? Sie erkannte Mams Schuhe mit den niedrigen Absätzen, die über den Boden klackerten, und Dads Schnürschuhe, die beim Gehen quietschten. Ein Husten. Ein Schniefen. Die Stimme redete weiter, in kurzen Abschnitten. Manches davon erfasste sie, manches entschwand.

Mister Anancy steht am nächsten Morgen auf, zieht einen langen Mantel an, setzt einen Zylinder auf, nimmt eine schwarze Tasche und wandert ins Fischland. Als er ankommt, nimmt er sich ein Büro und hängt ein Schild auf: Mister Anancy, Chirurg …

Megan versuchte, Jackson zu erkennen. Es war seine Stimme, aber da war nur Dunkelheit. Und doch war er da, erfüllte den ganzen Ort, redete wie ein alter Mann aus einem weit entfernten Land.

… sein erster Patient ist ein sehr großer Fisch … Anancy sieht ihm von allen Seiten in die Augen und es dauert lange, sehr lange … Plötzlich fängt er an und sagt: »Deine Augen, die sind schwach, aber ich glaube, ich kann dir helfen, aber du musst genau das tun, was ich dir sage …

Die Geschichte kam und entglitt ihr, die Worte umgaben sie wie ein Regenschauer. Es ging um einen Streich, den die Spinne da spielte, und es ging um ihre Bezahlung.

… und der dumme, dumme Fisch bezahlt ihn und er macht sich auf die Heimreise … Anancy rennt durch den Fluss …

Wieder Bewegung. Die Luft zischte, flüsterte. Jacksons Stimme wurde leiser, die Geschichte endete. Wieder das Quietschen von Gummi, als sein Rollstuhl wendete, das Geräusch entfernte sich, weiter, immer weiter.

Wieder eine Tür. Ihre eigene Gartentür. Dad kam auf sie zu, er trug eine Sonnenbrille, hatte sich die Ärmel hochgekrempelt, sodass seine gebräunten Arme sichtbar waren. Groß und stark sah er aus.

»Hallo. Du bist wohl irgendwo in deiner eigenen Welt.« Er setzte sich neben sie auf die Bank. »Was ist los, Schatz? Wenn es um Grandad geht, mach dir keine Sorgen. Wir bügeln das schon aus.«

Megan wischte sich über die Augen. »Ist es nicht. Ich habe nur … ich habe mich an die Geschichte erinnert, die Jackson mir erzählt hat. An Teile davon jedenfalls.« Sie hakte sich bei Dad unter. Er drückte ihren Arm. »Es geht um einen Fisch«, fuhr sie fort. »Anancy betrügt den Fisch um sein Geld. Er tut so, als wäre er Arzt. War es das? So ähnlich?«

Dad runzelte die Stirn. »Weißt du was, ich glaube, es stimmt. Ich meine, er hatte so einen merkwürdigen Akzent, man hat ihn schwer verstanden, aber das war wohl so der Grundgedanke dahinter.«

Megan lächelte. »Ich wusste es.«

»Das ist ja ein Ding«, sagte Dad. »Wenn ich mir vorstelle, dass du dich daran erinnerst.«

»Und wo war ich? Nicht in meinem Zimmer. War ich woanders?«

Dad schwieg einen Moment lang. Er schien sich unwohl zu

fühlen. Er starrte in die Ferne. »Du warst auf der Intensivstation.« Er sah sie an, seine Augen glänzten, sein Gesicht war schmerzverzerrt. »Ach, dir ging es so schlecht, Schatz.«

Megan drückte sich eng an ihn, lehnte ihren Kopf gegen seine Schulter. »Aber es geht mir jetzt besser, Dad«, sagte sie. »Das weißt du doch.« Sie hatte ihren Kampf gewonnen, aber es fühlte sich wie ein trauriger Sieg an, weil Jackson es nicht geschafft hatte und Hering auch nicht.

Dad blinzelte, als blende ihn die Sonne.

»Ja, Gott sei Dank.«

Eine Weile saßen sie schweigend nebeneinander.

»Also, wo bist du heute Morgen so früh gewesen? Als ich aufgewacht bin, warst du weg. Ich wollte dich eigentlich nicht ausfragen, nachdem du gestern Abend so unglücklich warst, aber jetzt sagst du ja, es geht dir besser, also frage ich dich.« Er hob die Augenbrauen und sah sie über den oberen Rand seiner Sonnenbrille hinweg an.

»Ich bin zum Krankenhaus gefahren. Habe mir die neue Abteilung angesehen.«

Dad wirkte überrascht. »Das hast du gemacht? Ich dachte, du wolltest nicht hin.«

»Ich wollte auch nicht. Aber es gibt jetzt einen direkten Bus, und mit dem bin ich gefahren.« Es wirkte unvorstellbar, obwohl sie erst vor etwa einer Stunde dort gewesen war. »Ich habe einfach beschlossen, dass ich hinfahre.«

Ein Seufzen. »Es war sehr tapfer von dir, das allein durchzuziehen.«

Wieder Stille, obwohl der Garten um sie herum voller Vögel war.

Schließlich sah Dad auf die Uhr. »Einer von uns sollte mal ein paar Dinge erledigen. Da gibt es ja eine Einladung zu einer Party.« Er wandte sich Megan zu. »Weißt du, wenn das alles vorbei ist, wenn du wieder in die Schule gehst und alles, dann haben deine Tage wieder Struktur, du musst um eine bestimmte Zeit aufstehen, um eine bestimmte Zeit schlafen gehen. Dann wirst du wieder in eine Normalität zurückfinden. Dein Leben weiterleben. Ich weiß, dass das jeder sagt, aber ich glaube, dass du es kannst«, sagte Dad, als hoffe er, es könnte wirklich geschehen. »Ich weiß, dass du es kannst.«

Megan war sich nicht sicher. »In der neuen Abteilung haben sie so eine Plakette mit einer goldenen Inschrift und allem. Und Jacksons Namen drauf. Sie haben sie die Jackson-Dawes-Abteilung genannt. Und Schwester Brewster hat sie mir gezeigt.«

»Sie haben von Jacksons Familie Geld bekommen. Es war sein Geld. Ich meine, es wäre seines gewesen, wenn er einundzwanzig geworden wäre.«

Dad wandte sich zu ihr um und sah ihr fest in die Augen. »Was meinst du, hätte es ihm gefallen?«

»Ja«, sagte Megan. »Er hätte es toll gefunden, aber ich wünschte …«

»Was wünschst du dir, Schatz?«

Wie sollte sie es in Worte fassen? Sich das Unmögliche zu wünschen war so eine Zeitverschwendung, und doch …

»Ich hoffe, Jackson ist glücklich gestorben«, redete sie schnell weiter. »Er wollte noch so viel machen, er wollte weiterleben und alles. Ich weiß nicht, wie das möglich ist, dass er glücklich war, aber ich hoffe, er ist damit klargekommen. Ich hoffe das so sehr.«

Das war es. Das, was sie nicht wusste und nicht klären konnte. Wie ein Puzzlespiel, bei dem ein Stück fehlt. Die Frage war die ganze Zeit da gewesen, hatte in ihr gebohrt, seit ewig langer Zeit, und erst jetzt gelang es ihr, sie zu greifen, in Worte zu fassen. Wenn sie das nur wüsste! Dann wäre das Weiterleben nicht mehr so schlimm. Dass Großvater am Sonntag sechsundneunzig wurde, so alt, dass die Leute sagten, er wäre eindrucksvoll, mit all den »armen alten Leutchen«, die zu seiner Party gingen, um zu tanzen und zu singen und Würstchen zu essen, und dabei ihre feinsten Kleider trugen, all das wäre nicht so schlimm.

Obwohl Jackson und Hering viel eindrucksvoller waren, und all die anderen, die nicht überlebt hatten.

Dad stopfte die Hände in die Hosentaschen. »Megan, hast du den Brief gelesen, den dir Jacksons Schwester geschickt hat?«

Sie nickte, in ihrem Inneren weißer, trostloser Winter.

»Ich meine nicht nur die Stelle, an der steht, dass er gestorben ist. Hast du ihn ganz gelesen? Hast du ihn ganz zu Ende gelesen?«

»Nein.« Megan erstarrte. »Ich will nicht … ich muss nicht.«

Es hatte keinen Sinn.

Es würde nichts ändern.

Der Brief hatte sie ständig begleitet, seit er angekommen war, aber sie hätte das grauenhafte Ding wegwerfen sollen.

Dad stand da wie ein Fels. »Wo ist er, Schatz?« Megan verweigerte die Antwort, wie ein trotziges Kind. »Liegt er in deinem Zimmer? Hast du ihn weggeworfen?« Er wartete, als gebe es keinen Zug zu erreichen, keine Party zu besuchen, als hätte er alle Zeit der Welt.

Schließlich zog Megan das klein zusammengefaltete Quadrat aus der Hosentasche und hielt es ihm hin. Sie wollte den Brief nicht mehr. Was brachte es, ihn so mit sich herumzutragen? Wie ein dummes kleines Mädchen, das sich verknallt hatte, wie eine dämliche Person von der Seite mit den Leserfragen.

Er würde Jackson nicht zurückbringen.

»Aber ich weiß, was drinsteht. Mam hat ihn mir am Telefon vorgelesen. Bis zum Ende.« Dad sah sich im Garten um, als suche er nach einer Antwort auf eine unmögliche Frage. »Aber du hast es nie zugelassen, dass Mam mit dir darüber spricht, und wenn ich ehrlich sein soll, war das ziemlich albern von dir. Mehr als nur ein bisschen albern.« Die kleine blaue Ader an seiner Schläfe war angeschwollen, seine Lippen zu einer dünnen Linie zusammengepresst.

Wie konnte er es wagen, wütend zu sein? Wo sie doch diejenige war, der man den Kopf aufgeschnitten hatte, die die Chemotherapien durchgemacht hatte und alles, die Jackson verloren hatte und ihren Platz in der Fußballmannschaft, und ihre Haare, und die arme Hering … und ach, die Liste war so lang, das man mit ihr die Erde umwickeln konnte. Wie konnte er es wagen, wütend auf sie zu sein?

Der Brief klebte an ihrer Hand, sie konnte beinahe fühlen, wie er mit ihren Fingern verschmolz.

Dad entspannte sich ein bisschen.

»Pass auf«, sagte er. »Ich möchte einfach, dass du das ganze Bild siehst, das ist alles, nicht nur die Teile, die wehtun. Es tut nicht alles weh. Du kannst nicht so tun, als ob alles nur wehtut.«

Megan sagte nichts. Es tat aber weh. Alles.

»Ich muss jetzt mal gehen und mich fertig machen.« Dad seufzte, als sei alles plötzlich zu viel, um damit klarzukommen, als wünschte er, Mam würde jetzt übernehmen. »Ich darf meinen Zug nicht verpassen. Ich wäre froh, du würdest zu Grandad mitfahren, aber …«, er berührte sanft ihre Wange, obwohl sein Gesicht versteinert war, »das ist nicht so wichtig. Gemma und du, ihr werdet schon klarkommen. Ich kann gleich mit ihrer Mutter reden. Wichtig ist vielmehr, dass du dir jetzt Zeit nimmst, jetzt gleich, und diesen Brief liest, bis zum letzten Wort. Hast du gehört? Ich möchte nicht, dass du durch diese Tür hereinkommst, bevor du das gemacht hast.«

Er wandte ihr den Rücken zu und ging ins Haus.

Megan sah ihm mit offenem Mund nach.

Dad kommandierte sie niemals herum. Er war der Weiche, der Schmusebär, der von der Arbeit kam, ihr Geschenke mitbrachte, lustig und fröhlich war und unangenehme Dinge wie Rechnungen, Kochen und Regelnaufstellen lieber Mam überließ. Er war nie streng zu ihr. Er verlangte nie von ihr, irgendetwas zu tun, was sie nicht tun wollte.

Und jetzt hatte er von ihr verlangt, etwas zu tun, was sie nicht tun konnte.

ZWANZIG

Der Garten war erfüllt von normalen, alltäglichen Geräuschen. Irgendwo an der Straße spielten Kinder, ein Hund sauste vorbei, jagte einem Ball hinterher. In ihrem Inneren fühlte sich nichts normal an. Sie war von allem abgeschnitten, eine Außenstehende, die nur einen Blick in die Normalität werfen durfte. Oder vielleicht war es umgekehrt.

Megan faltete den Brief auseinander, strich die tiefen Knickfalten glatt, die sich in das Papier eingegraben hatten, sodass es nun aussah, als hätte man lauter kleine Quadrate nicht sehr ordentlich aneinandergeklebt. *Genau wie ich*, dachte sie.

Sie warf einen Blick auf das Haus und entdeckte Dad in der Küche. Er telefonierte, wahrscheinlich redete er mit Mam. Seine Stimme drang durch das Fenster, er plauderte, als sei nichts geschehen. Oder alles.

Der Brief flatterte leicht im Wind, als wolle er Megan an seine Anwesenheit erinnern. Es hatte keinen Sinn, ihn nicht zu lesen. Es konnte nicht noch mehr wehtun als in dem Moment, in dem er angekommen war. Megan lehnte sich gegen den Baum, dessen Äste schwer mit Laub beladen waren, das sich jedoch bereits verfärbte. Ein oder zwei Blätter lagen schon auf dem Gras. Die Welt drehte sich weiter. Sie legte den Brief offen hin, strich ihn noch einmal glatt.

Liebe Mrs Bright,

meine Mutter hat mich gebeten, diesen Brief zu schreiben und Ihnen mitzuteilen, dass Jackson seinen Kampf gegen den Krebs vergangene Woche verloren hat. Sie hat gedacht, es wäre vielleicht gut, dass Sie das wissen und es Megan weitersagen können.

Im Krankenhaus haben sie getan, was sie konnten, aber meine Mutter sagt, es gab für Jackson einen anderen Plan und wir müssen ihn akzeptieren. Wir versuchen, nicht traurig zu sein. Jackson würde das nicht wollen, aber wir vermissen ihn sehr, seine gute Laune, sein Lächeln. Sie haben ihn kennengelernt, also wissen Sie, wovon ich rede.

Für meine Mutter ist es natürlich sehr schwer, aber sie möchte Ihnen sagen, dass Jackson ständig von Megan erzählt hat. Wir sind alle überzeugt davon, dass sie seine Krankheit und das Ende seines Lebens für ihn um vieles leichter gemacht hat. Meine Mutter sagt, Megan war in seinem Kopf und in seinem Herzen immer bei ihm, und sie dankt Gott dafür, dass sie ihm so viel Freude geschenkt und ihm beigestanden hat. Sie war da, als er sie gebraucht hat, und das hat ihn glücklich gemacht.

Bitte sagen Sie ihr, wie dankbar wir ihr alle dafür sind. Wir hoffen, dass Megan gesund ist und gesund bleibt.

Im Namen von Elvira Dawes,

Josephine Dawes

Die Handschrift war perfekt, als hätte sich Josephine Dawes viel Mühe gegeben oder als hätte Mrs Dawes, rund wie ein Kloß, direkt hinter ihrer Tochter gestanden, hätte ihr genau gesagt, was sie schreiben sollte, welche Worte sie benutzen und wie sie es ausdrücken sollte. Die Worte waren schlicht und brachten alles auf den Punkt. Sie verbargen nichts, versuchten nicht, irgendetwas zu beschönigen. Es musste ihr unendlich schwer gefallen sein, so etwas zu tun. Es musste in ihrem Herzen gebrannt haben wie Feuer, so einen Brief zu schreiben.

Sie betrachtete die Worte, saugte sie auf, versuchte nachzuvollziehen, wie viel Mühe sich die Absender gemacht hatten, wie viel Respekt in diesem Brief steckte, wie viel Liebe. Denn Jacksons Familie hatte ihn geliebt. Irgendwann hatte Megan das völlig vergessen. Und seine Familie hatte ihn verloren. Kein Wunder, dass Dad wütend auf Megan war, wo Jacksons Schwester sich hatte hinsetzen müssen, um diese Worte zu schreiben, und Megan sich geweigert hatte, sie wenigstens gründlich zu lesen.

Schließlich faltete sie den Brief sorgfältig wieder zusammen, entlang der Falten, die Mam gemacht hatte.

Es war überhaupt kein grauenhafter Brief.

Es war ein wunderbarer Brief.

Sie hasste ihn nicht, nicht ein bisschen, nicht einmal die Sätze, in denen stand, dass Jackson tot war.

Megan steckte ihn wieder in ihre Hosentasche und stieß dabei auf einen anderen Zettel. Es war das Bild, das sie an jenem Abend vor seiner Operation gezeichnet hatte. Es war nur wenig größer als eine daumengroße Skizze. Sie hatte das Bild ausgeschnitten und mit sich herumgetragen, seit der Brief angekommen war, ein Ritual des Erinnerns, so regelmäßig wie Zähneputzen oder ihr Gesicht waschen. Und dann hatte sie sich doch geweigert, es anzusehen, genauso, wie sie sich geweigert hatte, den Brief zu lesen.

Sie erschrak, als sie sah, wie zerknittert es schon war. Wenn sie es weiter so mit sich herumschleppte, würde bald nichts mehr zu erkennen sein. Und es war doch alles, was ihr von Jackson geblieben war.

Sie sah ihn an, jetzt, im Licht der Nachmittagssonne. Es war ihr gelungen, das Funkeln seiner Augen einzufangen, die Fröhlichkeit, die er ausstrahlte, als würde sie ihn nie verlassen.

»Du warst zu jung«, flüsterte sie.

Er sah so aus, als würde es ihn nicht stören, dass er zu jung war, dass er zerknittert, in eine Hosentasche gestopft wurde. Ist doch cool, schien er zu sagen.

Mach dir um mich keine Sorgen.

Mir geht's gut.

An einem Ort, an dem die Bienen keine Stacheln haben und wo die Sonne nicht brennt, einem Ort ohne Kummer, ohne Schmerzen.

Megan sah das Bild genau an, nahm die Krümmungen und Linien seiner Gesichtszüge in sich auf, sodass ihre Augen und ihr Kopf, ihr Herz und ihre Haut ganz von ihm erfüllt waren, mit Linien, die niemand je ausradieren konnte, sie fing seinen Blick ein, die Erinnerung an ihn, sodass er immer noch hier bei ihr war.

In der Küche bewegte sich etwas. Megan sah hinüber. Dad beobachtete sie vom Fenster aus. Er würde in wenigen Stunden losfahren, und er wünschte sich, dass sie mit ihm in den Zug stieg. Er sah so verlassen aus, wie er da stand, so bekümmert.

Wenn sie ihm sagen konnte, dass es ihr gut ging, es ihm zeigen, würde es auch ihm besser gehen, und Mam auch, und Grandad, und allen, die sich um sie gesorgt hatten. Sie alle versuchten doch nur, ihr Leben weiterzuleben, als hätten auch sie Krebs gehabt. Aber es funktionierte nicht, nicht ohne sie, Megan. Und es würde so lange nicht weitergehen, bis sie redete, ihnen ein Zeichen gab.

Es lag an Megan.

Die Luft war ganz still. Kein Blatt rührte sich. Keine Vögel, kein Ton. Wieder war es, als befinde sie sich im Inneren einer Luftblase und als rufe die Welt um sie herum nach ihr. Sie musste die Welt hereinlassen. Sie musste das Zeichen geben, das Wort aussprechen, wieder das Ruder übernehmen.

Es würde gar nicht so schwierig sein, mit Dad in den Zug zu steigen, zur Party zu gehen, zu feiern.

Es würde gar nicht so schwierig sein, an Jacksons Familie zu schreiben, ihr dafür zu danken, dass sie sich die Zeit genommen hatten, ihr diesen Brief zu schicken. Vielleicht konnte sie ihnen das Bild schenken. Eine Kopie davon.

Sie konnte all das tun.

Jetzt bewegte sich die Luft wieder, als habe sie die Erlaubnis dazu erhalten. Ein sanfter Wind raschelte im Laub, hauchte ihm Leben ein.

Aber da war noch eine Sache.

All diese Dinge konnten erst geschehen, wenn sie mit Gemma geredet, ihr alles erzählt hatte. Mit Gemma musste es anfangen.

Megan zog ihr Handy heraus. Es war die erste Nummer, die erschien. So war es immer gewesen. Würde es immer sein.

»Gemma?«

Da war ein Schweigen, wie diese Lücke nach einem Blitz, bevor der Donner losdröhnt, eine Pause, in der man noch hofft, der Donner würde nicht allzu laut, nicht allzu erschreckend ausfallen. Megan fragte sich, ob Gemma einfach das Handy ausmachen würde, sich weigern, mit ihr zu reden. Sie hätte es ihr nicht vorwerfen können, wäre nicht überrascht gewesen. Hatte sie denn etwas anderes verdient?

»Hi.« Gemmas Stimme war leise, verhalten. »Du bist also immer noch nicht losgefahren?«

Es klang wie eine Anklage.

»Ich fahre mit dem Zug um sechs.« Es war die Wahrheit. Keine Lügen mehr. »Ich muss noch packen und alles, aber …«

Gerade in diesem Moment quietschten Bremsen und ein Vogelschwarm flatterte explosionsartig aus dem Baum auf dem Nachbargrundstück auf. Sie beobachtete, wie die Vögel mit dem Himmel verschmolzen, bis es so war, als hätte es sie niemals gegeben.

»Bist du noch da? Megan?«

»Entschuldigung. Jaja. Ich wollte dich fragen … ob ich rüberkommen kann. Nur ganz kurz? Wenn ich gepackt habe und alles.«

»… okay …« Gemma klang, als sei sie sich nicht sicher, ob Megan ihr einen bösen Streich spielte, als könnte man ihr nicht mehr trauen.

»Es ist nur … ich muss dir was erzählen.«

Und sie fing an zu weinen, weil ihr plötzlich klar wurde, so plötzlich, wie die Vögel aus diesem Baum aufgeflogen waren, dass Gemma es verstanden hätte, wenn sie es ihr nur früher erzählt hätte.

Vor Wochen.

Vor Monaten.

Gemma hätte die richtigen Worte gefunden.

Es ging nicht um Krebs, um einen Tumor, um Chemotherapie.

Um Dinge, vor denen Freundinnen sich fürchteten. Es ging nur um einen Jungen. Und sie hätten gemeinsam über Jackson lachen können, über alles, was er sagte und tat, über die ganzen Schwierigkeiten, in die er ständig geriet.

Und dann hätten sie gemeinsam weinen können.

Es wäre so viel leichter gewesen.

Und jetzt war sie hier ganz alleine. Weinte.

»Megan? Was ist los? Ich komm rüber. Jetzt gleich.« Gemma. Alle Kränkung vergessen. Gemma, die es nicht ertragen konnte, wenn jemand unglücklich war, am wenigsten bei ihrer besten Freundin.

»Nein, ist in Ordnung … Ich muss nur … ich muss dir etwas erzählen, über jemanden, den ich kennengelernt habe«, sagte Megan. Sie wischte sich mit der Hand über die Augen. »Jemand im Krankenhaus.«

Wieder eine Pause. Als hätte Gemma versucht, ein unlösbares Puzzle zu lösen, wie sie es ja auch getan hatte, und nun sei das letzte fehlende Stück aufgetaucht.

»Wie heißt er?«, fragte Gemma mit sanfter Stimme. Natürlich war ihr klar, dass es um einen Jungen ging, ohne dass Megan das aussprach.

Die Welt schien sich ein bisschen zu verschieben, als wäre sie lange Zeit über von der Stelle gerückt gewesen, durch ein schreckliches Erdbeben oder einen Vulkanausbruch. Sie rückte wieder zurück an die Stelle, an die sie gehörte, beinahe jedenfalls. Sie würde nie mehr genau so sein wie früher. Wie konnte sie das? Aber irgendwie war es so genug.

»Jackson«, fing Megan an, als gelte es, eine lange Geschichte zu erzählen. »Sein Name war Jackson Dawes.«

Jackson Dawes
hoch wie ein Tor
steht da
in seinem
ramponierten Hut
Singt sein
ramponiertes Lied
Er schlägt die Stange
wie einen Bass
Badum, dum, dum, dum
Badum, dum, dum, dum
Leicht schwingt er die Hüften
Nickt mit dem Kopf
Sein Lächeln ist so breit
wie die Sonne
Als wäre dies
einfach nur so ein Tag,
als könnte die Welt
nicht schöner sein
Als leuchte die Zukunft
heller als die Sterne

DIE AUTORIN

© Colin Bradshaw

Celia Bryce lebt in Tyneside/Großbritannien. Sie unterrichtet *Kreatives Schreiben* und ist als Autorin für Rundfunk und Theater tätig. Celia ist Mitglied der Country-Rock-Band »The Katy Freeway«. *Heller als ein Stern* ist ihr Debüt im Jugendbuch.

bloomoon

... unendlich gut lesen

ISBN 978-3-7607-9938-4

Ein denkwürdiger Sommer und ein gefährlich schönes Mädchen ...

Als Jamie in diesem Sommer die wunderschöne Caro kennenlernt verändert sich sein Leben. Caro ist unnahbar, verhält sich oft kühl und abweisend, doch Jamie ist so von ihr fasziniert, dass er alles tut, was sie von ihm verlangt.

Dann ist da noch Jamies Bruder Rob, der sich seitdem er aus Afghanistan zurückgekehrt ist, vollkommen von seiner Familie zurückgezogen hat. Jamie ahnt nicht, dass auch Rob sich von Caro angezogen fühlt. Und Caro ist gefährlich ...

Auch zu bestellen unter www.bloomoon-verlag.de